陶百川著

回國前後

三民書局印行

©回國前後

作者 陶百川
發行人 劉振强
出版者 三民書局股份有限公司
印刷所 三民書局股份有限公司
地址／臺北市重慶南路一段六十一號
郵撥／〇〇〇九九九八－五號
初版 中華民國六十一年十月
三版 中華民國七十七年一月
編號 S 57054①
基本定價 貳元貳角貳分
行政院新聞局登記證局版臺業字第〇二〇〇號

三民文庫編刊序言

書是知識的滙集，知識是人人必備的，因而書是人人必讀的；我們出版界的責任，就是要提供好書，供應廣大的需要。不但在內容上要提高書的水準，同時在價格上也要適合一般的購買力，至於外觀求其精美，當然更是印刷進步的今日應該做得到的。

知識是多方面的，社會科學、自然科學的知識，文學、藝術、哲學，歷史的知識，莫不為人所必需，推而至於山川人物的記載，個人經歷的回憶，也都包括在知識的範圍以內；這樣廣博知識的滙集，就是我們所要出版的三民文庫陸續提供的讀物。

在歐美日本等國，這種文庫形式的出版物，有悠久的歷史及豐富的收穫，人人愛讀，家家傳誦，極為我們所欣羨。近年來我國的出版界，在這方面亦已有良好的開始；我們願意站在共求文化進步的立場並肩努力，貢献我們微薄的力量，參加栽植的行列。我們希望得到作家的支持，讀者的愛護，同業的協作。

中華民國五十五年雙十節

三民書局編輯委員會謹識

自序

這本小書包含下列四部份：

第一部份是我在如雲輪上的生活日記，從離開臺北經過日本直寫到美國的洛杉磯，共計二十三天，也就是二十三篇。在那個小天地中也居然體會到一些大道理，喜不自勝。不敢自秘，貢諸大衆。原稿沒有這樣詳細，一部份資料是最近所補充的。

第二部份整整十篇，說明我爲什麼出國，爲什麼一度不想回來，爲什麼又終於回來。這十篇雖不是我自己所寫，但頗能道出我的心事。其中對我的許多溢美之詞，使我既感且慚。

第三部份是我爲政治革新所作的呼籲。

第四部份是我爲外交問題所作的呼籲。

對這兩部份，我所說的話和已寫的文，還多於此，容待稍暇，陸續整理，以貢獻於政府和社會。

白居易在致元九書中自稱他的詩文都是「為君為臣為民為物為事而作，不為文而作也」。我雖不敏，請嘗試之。但願政府當局以為是則採之，以為非則諒之。

本書各文，大部份未曾發表。但有一部份曾經登載於徵信新聞報、聯合報、自立晚報，紐約華美日報、時與潮、新聞天地、世界評論、憲政論壇、文星、學園、中國議壇、展望等，茲經轉載，理應致謝。並謝三民書局主人為我出版這本小書。

作者，五十五年除夕，臺北

目次

從浮海到返棹

為外交問題呼籲

五月二十一日

早晨六點起床收拾行李。八點偕素君離家赴車站，準備搭九點的觀光號赴臺中。擬在臺中住一晚，即往高雄搭中國航運公司的貨船如雲輪赴美。此去至少將住一年，對故居不無依依。

在車站送行的有劉先生和吳先生伉儷，尙有齊先生和夏先生以及陳、徐二兄。蝗秘書長和吳小姐也匆匆趕到。我因不願打擾親友，故對行程諱莫如深，但他們多半同住在永和鎭，我無法相瞞。齊夏二先生之來，却大大出我意外；不知他們如何知道我的行踪。

齊先生告訴我：他的刊物就要復刊，要我寫稿，我滿口答應。但請他格外謹愼。我把張先生最近與我所談對於他的期待順便告訴了他。

我去臺中的目的，是請黃委員寶實照顧五兒天林，並向他報告黃啓瑞彈劾案和陳綱、廖源泉二推事彈劾案的發展。

我在王府吃了晚飯，到黃宅巳是九點，寶實全家俱已安睡。黃府房屋簡陋不堪，但寶實夫婦不以爲苦。從前顏淵「居陋巷……人不堪其憂，回也不改其樂。賢哉回也！」這是監察委員應有的「貧賤不能移」的精神。

寶實從他抽屜中取出一紙，說是「臨別贈言」。上面寫着：

正論重察院，直聲傳寰區。
乘桴浮於海，九夷子欲居。
他山石可鑑，吾道必不孤。
治權分三五，同歸而途殊。

下註「唐制御史臺有察院，監察御史屬之」。

寶實是一位書家，這次寫的是草書，龍飛鳳舞，非常美觀。贈句中有「乘桴浮於海，九夷子欲居」，足見寶實懷疑我會回來。我有二子一女在美國大學教書，收入足以養二老，我本人也快到退休之年，而且書生報國，也不必在朝做官。美國是我舊遊之地(註)，我尚能爲祖國做些國民外交工作。寶實句中有「他山石可鑑，吾道必不孤」，大約就是指此而言，所以難怪有人猜我一去不返。

下午在臺中車站行李房將臺北帶來行李換裝駛高雄的車子。因爲行李票上寫有我的姓名，一位工友與我談起來：

「黃啓瑞案怎樣了？」他問。

「正由公務員懲戒委員會審議。」

「政治評論案怎樣了？」他問得有些使我驚異。

「正在法院偵查。」

「臺灣現在眞有些亂七八糟。我們都支持你。」

我說：「謝謝你。難得你這樣關心國事。」

他的答語很得體：「這是大家的事情。」

他祇是一個小工。我們千萬再不要以爲小百姓都是「不識不知，順帝之則」了。

註　釋

我早年曾在美國哈佛大學肄業，五年前曾應美國國務院的邀請赴美訪問。

五月二十二日

早晨正想出門去吃早餐，黃寶實兄伉儷趕來邀我們去吃蒸餃。我提議去喝豆漿。四人吃了十七元，可謂便宜之至。

黃委員和我順便就最高法院陳綱、廖源泉二推事的申辯書交換意見。我們對他們的第二次意見書共寫十二節，我在臺北和朱專門委員商定，他寫四節，我寫八節，他的四節已寫好，我的八節僅寫了五節，昨晚趕寫二節，今日趕寫完竣，交天林帶回臺北補充資料和謄清後再送請黃委員核閱。

清季侍御江春霖彈劾兩位總督，寫了六個疏狀；我們這次彈劾兩位推事也寫了六個文書。江侍御的彈劾案因爲慈禧包庇被彈劾人，江侍御被免職飭回原署，全體御史雖上疏抗爭，但是沒有效果。我們這次雖遭「圍剿」，但是輿論都同情我們（註），監察院委員大體上也支持我們，所以我們幸未傷亡，足徵時代究竟進步得多了。但最大的原因還是制度保障了我們，所以圍剿者對我們無可奈何。

寫完意見書，我和素君就趕到車站去搭高雄的平快。

抵高雄後第一件事：到航運公司辦事處去問如雲輪何時開船。據答：「原定明日，現在決定延到後日了。」徐主任說：有好多人打電話去問我住在那裡。我請他暫不告知，以免打擾親友。歸途中遇見一位法官。他料我不再回來。但他勸我仍應回來。他講了范仲淹的故事。他引呂夷簡勸范文正的那句話：「君欲行政，應在朝廷。」我說：「我很懷疑作一個監察委員對國家還能有什麼用處。但我職責在身，當然應該回來。」

註　釋

曹委員啓文曾經蒐集該項資料，做過一次統計，他說對我們這次彈劾法官不表同情的祇有百分之五。足見公道自在人心。

五月二十二日

船既不開，就去逛街，順便買了一些禮物，預備贈送美國朋友。

下午回到旅舘，看到七八張訪客的名片。中華日報的李立維先生也打電話要來和我談談。他提出一大堆問題，我們談了四、五十分鐘。

他的問題之一，是：「你去國一年，在未來一年中，你看國內將會有什麼變化？」

我說：那將是一個小康的局面。國際局勢雖然在變，但不可能有很大的變化。越南和美國的越戰目的，祇在逐出侵入越境的敵人和消滅境內的共黨勢力，不想攻入北越，自更不想追擊到中國大陸去。這樣我們就無機可乘，也談不到出兵援越。

「假使越戰擴大了，我們是否有機可乘？」這個問題，很使人興奮。

我說：如果越戰擴大了，例如來一個韓戰式的演變，我們一定出兵反攻。在韓戰時期，我們實力未充，必須依附聯合國軍隊，才能有點作爲。而聯合國那時却不要我們帮忙，我們便一籌莫展，以致坐失機會。現在不同了。如果大陸毛共參加越戰，即使我們不直接參戰，我們也會在臺灣海峽獨力反攻。

「黑毛鬪爭祇是兩個人或兩個黨的鬪爭，還沒有演變成爲兩個政府或兩個國家的全面鬪爭。

所以對我們還沒有多大利用價值。」我繼續說我的小康論。
經濟上仍然繼續發展，雖然美援可能就停止。這方面也將是一個小康之局。
但是卽使維持小康的局面，也需要在政治上有所努力。最重要的是加强人民對政府的向心和對國事的熱心。團結更團結，努力更努力。　總統所倡導的反共建國聯盟，便是一個樞紐。
我們也談到今日的青年。他說我很注意青年問題，問我的觀感如何。
我說我要爲青年打抱不平。因爲有人認爲今天青年的愛國熱忱，不及他們的父親和祖父。不錯，他們的祖父推翻滿清，建立民國，他們的父親北伐、剿共、抗日，都以天下爲己任，有輝煌的成就，而他們似乎碌碌無所表現：在學校讀死書，到外國不回來，在社會混飯吃，對國事不關心，對個人的前途也沒有什麼「理想」或「夢想」。他們都是自了漢，都是庸俗的人。
我不以爲然。他們的祖父和父親是「時勢造英雄」，假使易地以處，也會像今天這樣一籌莫展。陸放翁詩：「生逢和親最可傷，歲輦金帛輸遼羌。仰視太白歛光芒，男兒欲死無戰場。」現在整個自由世界就是一個和親的局面，英美與蘇俄「和平共存」，英法與毛共大打交道，我國也徒有反共之志而不容以兵戎相見。中國青年乃是「英雄無用武之地」。
在去年青年節，就是黃花崗起義紀念日，我爲一篇演講，曾經查過一些文獻，發現興中會在七年歷史中加盟的不過三百人；黃花崗雖死了七十二人，但參加的總數也不過一百數十人。而我們靑年之自動投考軍校的，每年都在五千人以上。僅這一點已經强勝他們的祖父和父親了。

五月二十四日

六點鐘就雇三輪汽車到車站提行李，接着就駛往第二碼頭。陳委員到旅社來直送我們上船。海關的王稅務司、陳監察長和劉明傳先生在碼頭相送。

王稅務司說：「在假出口案的調查報告中，你指出關政廢弛，提出許多改進意見，關政因而有所改革。我們很欽佩，所以總稅務司要我來送你。昨天我尋到五洲旅社，旅客中有一陶梓，我相信就是你，但籍貫寫的是上海，而你是浙江人。我問管事的：他是不是一位監察委員。他說不知道。」

對於王稅務司之來送，我本來莫明其妙，至此才恍然大悟，我趕緊說：「太費心了，眞正不敢當。」

不久一位關員對我說：「你的行李就可搬上船。」

我說：「已經檢查了嗎？」

答：「出口行李不比進口行李，檢查是很簡單的。」

「少量國產品隨帶出口可以免稅，你們向查那些東西？」我問。

「美鈔黃金和古董。」所以出口行李的檢查，自然可簡單了。

如雲輪雖是一艘貨船，可是客艙的設備却與衆不同。頭等艙有兩個房間的裝飾且好於總統輪。全部房間包括三等艙在內都有冷氣。

船在九點左右開動，每小時走十八浬至二十浬，預定二十六日晚上可抵神戶。這是新船，下水方兩年。長五百餘尺，闊六十餘尺，高八十餘尺。有六個大艙，有冷藏設備。載重一萬二千五百噸。日本承造，造價三百餘萬美元。

五年前政府同時貸款造船四艘，兩艘由日本承造，兩艘交殷臺公司承造。殷臺公司不爭氣，造到三分之一就撤退了，後由臺船公司接辦，勉力完工。年來經我在監察院一再督促，經濟部核算結果，殷臺公司積欠了四千餘萬元，臺船公司雖在基隆地方法院訴追，但殷臺公司却置之不理。早在殷臺公司以甜言蜜語說動我們當局交其造船時，這個不幸的結果，已在我們意料之中，但是曲突徙薪的忠告，不爲政府所重視。

據黃船長說：全船有船員五十三人，可搭旅客二十七人，這次搭客二十一人，東京尚有七人要加搭。我提議約全船搭客舉行一次座談會，好讓彼此認識。他同意明晚舉行。

至於頭等艙的搭客十一人，在吃中飯時已經自我介紹了。計赴美學生四人，兩男兩女．中國航運公司香港分公司經理的太太（于太太）、尹仲容太太和她的未婚媳婦鳳小姐。此外還有海軍中校何毓衡先生和在臺訪問九個月的華僑學生曾倫贊先生，他們住在我們右邊一房。

五月二十五日

一路風平浪靜，搭客都很愉快。黃船長說，從臺灣到日本有一條順流，叫做黑潮，所以船行特快，每小時可走二十至二十一浬，過了日本就祇能走十八浬了。

尹太太和鳳小姐與我們二人同桌，她很健談，講了一些關於尹仲容先生的軼事，加深了我對他的好印象。

她說：「坐船的第一好處，可以充分休息。陶委員可以少用一些腦筋了。」

我說：「我也這樣想。所以我祇帶了兩本書。」

但是言猶在耳，我發現了船上四橱的藏書，不免見獵心喜。

在大略看過書目之後，我首注意到一套「記事本末」。我於是在宋史記事本末中去找范仲淹的故事——那位法官在高雄提過的那個故事。在「慶歷黨議」中找到下列一段：「……夏竦僞作（石）介爲（富）弼撰廢立詔草，飛語上聞，帝雖不信，而弼與仲淹恐懼，不自安於朝，皆請出按西北邊。不許。適聞契丹伐夏，仲淹故請行，乃獨允之。仲淹將赴陝，過鄭州，時呂夷簡已老，居鄭，仲淹往見之。夷簡問何事遽出。仲淹對以暫往經撫兩路，事畢卽還。夷簡曰：「君此行，正蹈危機，豈復再入！若欲經制西事，莫如在朝廷爲便。」仲淹愕然。仲淹旣去朝，攻者果益急，帝心不能無疑矣。」

范文正公是江蘇吳縣人，聰明正直，文武全才，可是難進而易退。這是江南人的長處，也是短處。文正那次離開之後，不再回朝。若是北方人，他也許不會那樣脆弱了。呂夷簡就是另一種典型。

范文正公是我最崇仰的古人之一。我讀過他的文集，譯過他的靈烏賦。他進秀才時就以天下爲己任；他說：「士當先天下之憂而憂，後天下之樂而樂」。他做諫官時的座右銘是「寧鳴而死」，「爲凶之防」。可惜爲夏竦等排擠而去。他曾說：小人無黨，惟君子則有之。歐陽修的朋黨論，也抱同樣的見解。可是事實上君子是羣而不黨，而小人却爲便於營私而能結成私黨和死黨，所以君子常爲小人所敗。范文正公也非例外。爲之一嘆！

晚上七點舉行座談會，我提議各人作自我介紹。旅客二十一人中有學生十一人，計臺大畢業者四人，成大三人，中興二人，東海二人。

五月二十六日

與學生四人閒談國事，他們一致認爲臺北市長高玉樹先生的勝利，乃是國民黨和政府的失敗，敗在人民手中。我以爲不可說得這樣籠統和周延。那該說是周百鍊先生的失敗。但是他們以爲這是外交辭令。

我說：黨和政府當然也佔一份，但關係不大。例如黨部支持周百鍊或反擊高玉樹的宣傳做的過火，——說話有欠公道，以致惹起反感。又如周百鍊做了二年代市長，於是一般政治上的壞處都被記在他的賬上，而有些壞處却不能全怪他。但在地方選擧中，候選人的關係和責任究竟大於他的黨和政府。

幾乎全日都在看陸放翁全集。我早就喜愛陸放翁。第一，也許因爲他是我的小同鄉，他的那些關於山陰會稽的吟咏，足以喚回我的鄉思，因而特別感到親切。第二，宋朝强敵壓境國破民困的處境，引起我的同感。我對他的那些感傷激勵的作品特別感到興趣。例如：

人材衰靡方當慮，士氣崢嶸未可非。

萬事不如公論久，諸賢莫與衆心違！

這幾句詩我在監察院糾正案文中曾一再引用。

又如他的「夏日雜題」：

憔悴衡門一禿翁，回頭無事不成空。

可憐萬里平戎志，盡付蕭蕭暮雨中。
衰疾沈緜短鬢疏，淒涼圯上一編書。
中原久陷身垂老，付與囊中飽蠹魚。

又如「雜感」：

山人那信宦途艱，强着朝衣趁曉班。
豪氣不除狂態作，始知只合死空山。

再如他的絕筆：

死去原知萬事空，但悲不見九州同。
王師北定中原日，家祭毋忘告乃翁！（註一）

陸放翁是個多產作家，他的詩既好且多。我曾根據曾國藩編的十八家詩鈔做了一個統計，結果在十八位大詩人中放翁位在前三名，而他的律詩和絕詩且位在第一名。列表如下：

人名	五古	七古	五律	七律	七絕	總計
曹子建	五五					五五
阮嗣宗	八二					八二

陶淵明	一一四					一一四
謝康樂	六五					六五
鮑明遠	一三一					一三一
謝元暉	一一八					一一八
李太白	五六〇	一五七	一〇〇		七九	八九六
杜工部	二六三	一四六	六〇一	一五〇	一〇五	一二六二
韓昌黎	一四二	七八				二二〇
白香山		五〇				五〇
蘇東坡		三二八		五四〇	四三八	一三〇六
黃山谷		六五	二八六			四五一
王右丞			一〇四			一〇四
孟襄陽			一三八			一三八
李義山				一一七		一一七
杜牧之				五五		五五
陸放翁				五五四	六五二	一二〇六
元遺山				一六二		一六二

我認識陸放翁，始於三弟（註二）的一篇「愛國詩人陸放翁」。他陷在大陸，音訊杳然。今天重讀放翁詩，遙望海天，不禁泫然。

註　釋

註一：他的好詩不勝枚擧，曾國藩編的十八家詩鈔，收錄他的七律和七絕多至一千三百零五首，在十八人中居第一位。這裡我情不自禁的又錄下他爲痛念他被母親强迫離婚的那位前妻的一詞和二詩：

釵頭鳳

紅酥手，黃藤酒，滿城春色宮牆柳。東風惡，歡情薄，一懷愁緒，幾年離索。錯，錯，錯！春如舊，人空瘦，淚痕紅浥鮫綃透。桃花落，閒池閣，山盟雖在，錦書難託。莫，莫，莫！

沈園

城上斜陽畫角哀，沈園非復舊池臺。
傷心橋下春波綠，曾是驚鴻照影來。
夢斷香消四十年，沈園柳老不吹緜。
此身行作稽山土，猶弔遺蹤一泫然。

註二：三弟愚川，畢業於上海大夏大學、日本早稻田大學和美國密歇根大學，上海撤退時任大夏大學教育系主任。

五月二十七日

早晨五點就醒，發覺船已停駛，想已到達神戶。後據樂大副告知，船早於昨晚十一點抵達，現正等候領港來帶領。

最感不方便的是便器已封，不能「方便」。原來本船曾去香港，而香港現鬧瘟疫，照章必須檢疫，所以封閉便器，須待檢畢，方可啓封。幸檢疫官來得尙早，經檢查沒有問題。但移民局人員却姍姍來遲，經他查畢護照，已是上午十一點十分。我們都在船上吃了中飯才登岸。

我們坐了中國航運公司汽車由尹府友人周先生帶我們去遊寶塚。在通過海關檢查站時，太太們的手提皮包都被詳細檢查。于太太皮包中有四副眼鏡，一副老花，一副太陽，另兩副因恐遺失或打碎，備而不用，於是關員大感興趣，一再盤問。我覺得有些好笑。這大約就是「日本精神」。回憶我在臺北辦簽證時，因爲是公務護照，美國大使館是上午十點送去，下午三點就簽准發還。日本大使館是過境簽證，照理還可加速，那知星期六早晨送去，據告星期一去取，但去取時說須展至星期二了。

寶塚有一遊樂場，內有寶塚歌舞院，規模很大，連入場券和觀劇券在內，每人祗付二百五十元日幣，尚算便宜（美金一元折合日幣三百六十元）。但一般物價則較貴於臺灣和香港，旅館和飲食的代價，則與美國相差無幾。

離開寶塚，就去訪薛石柱先生。他是臺灣人，在神戶多年，經營養珠事業，是神戶數一數二的養珠家。

友人告知，養珠並不太難。據說用蛤殼粉搓成丸子，連同一小片蠔肉，放在生殼內，再沉入海中，過一二年取出，就是眞珠，這種養珠較天然眞珠圓潤。我以爲這種本輕利重的企業，我國也可做得。由此聯想到臺灣的經濟政策。

臺灣經濟發展的指針，最近似乎想着重精工業和重工業。其實照日本的經驗，中小工業也還有生存的餘地，因之在臺灣也還有發展的可能和必要。（註一）

重工業像鋼鐵工業、造船工業和機械工業，精工業像日本的電子工業、瑞士的鐘錶和法國的化裝品，自然都有利可圖，但是談何容易。

舉一個例：臺灣是個海島，我們自然應該發展造船事業，幾年前我國不惜犧牲，請了殷臺公司來造船，然因我們沒有造船用的鋼板和機器，當殷臺公司要造兩艘貨船的時候，不得不向日本訂購鋼料和機器，但日本不願協助臺灣發展造船工業，所以抬高價格，以致我們不得不向西德購買，而因運輸和滙率的關係，價格較高於日貨，所以我們的人工雖低廉，但總價却高於日本百分之十五以上，自然無法與日本競爭。於是殷臺公司祇好關門大吉。（還有別的原因，但卽此一項已够受了。）

黃船長告訴我：這次船上裝有大批三夾板，銷往美國。他說三夾板已成爲臺灣的重要出口貨。他們幫助外銷，每噸運費從三十五元美金減爲二十元。

在我的記憶中，臺灣五年前根本沒有三夾板銷售美國的紀錄，現在居然「起飛」，足徵中小工業確有生存的餘地和發展的必要。（註二）

晚上薛先生請我們吃牛排，後來周先生說，每客約合臺幣一百八十元至二百元。如果早知如此昂貴，我們都會食不甘味。

註　釋

註一：本年六月二十七日至七月四日的一期星期六晚郵報，有一篇關於日本養珠事業的報導，說日本現有三千家「養珠工廠」，去年輸出養珠價值四千七百萬美元。

註二：六月十二日中央日報航空版載：（高雄通訊）發展迅速的臺灣製材與夾板工業，不僅在我國工業外銷產品中，躋入前三名僅次於化學品和紡織品的出口價值，而且在國際市場上，已擊敗强勁的敵手——日本。據記者統計，五十一年全年，僅從高雄港出口的加工木板、夾板、傢俱門窗零件等，價格超過三千萬美元，五十三年，由於日本的競爭失敗，臺灣上項產品的出口額，可達到四千萬美元。

五月二十八日

上午訪薛石柱先生，並參觀他的光珠洋行。在他的工場中，我們看見一大堆一大堆的眞珠，有的潔白，有的灰暗，有的淺紅，有的淡黃。據說灰的最貴，紅的次之，白的再次之，黃的則「人老珠黃不值錢」。

我們同去六人，都爲親友們買了一些珠花或項鍊。

薛先生伉儷都很好客，請我們在牡丹園吃中飯。薛太太並請朋友開車陪我們遊六甲山和再度公園，風景並不很好。

日本復興很快，現在平均國民所得已高達五百二十美元（臺灣則約爲一百二十美元）。原因之一，是它的國防經費的負擔很輕。五年前我從美國回臺經日，在參觀參議院時，問起它的國防經費的比例，乃知僅佔中央政府全部支出的百分之十三。他們告訴我，那年國會討論國防預算時，政府要求增加百分之一，但社會黨大力反對。

原來日本的國防，迄今尚由美國擔任。美國在日本有基地，有軍隊，經費都由美國開支。日本每年因而獲得這項美金三億五千餘萬元。

反觀我國，軍費負擔高達百分之八十，在兩個經濟發展四年計劃中，政府應籌發展經費都不够計劃數字。幸有美援可以挹注，其中經濟援助十五年中約有十二億美元（外加二億餘美元的剩餘農產品和二十二億美元的軍援，全部約爲三十六億美元）。現在經援就將停止，政府雖略有準備，然而必感拮据。

我以爲出路祗有一條，擴大官兵退除役範圍，裁減及歸併軍事機關，每年可節省軍費十億元，以之發展中小企業，不獨可以增加經濟力，而且可以安置退除役人員。

政府當局明知有此需要，但因有所恃和有所待——恃有美援可以挹注，待看反攻就可開始；所以官兵雖年有退除，但總數都迄未大減。現爲形勢所迫，我們自當有所變革了。

船上有位華裔美國人曾倫贊先生問我：「臺灣經濟進步很可觀，但軍公教人員生活太苦，政府爲什麼不辦重工業以救窮，以改善軍公教人員的待遇？」曾先生研究中國近代史，這次是從臺灣考察九個月後回到美國去的。

答案很簡單：「沒有大資本」。但我又指出，臺灣的經濟發展可分三個階段：

第一階段是政府遷臺以後至舟山撤退之前，那時我們雖因韓戰而可喘息一下，準備反攻，但在韓戰停頓之後，空襲警報和通貨貶値又使人心不安定，社會不安全，所以談不到經濟發展。

第二階段是中美共同防禦協定簽訂之後，因爲美國有了防衞臺灣澎湖的決心，臺灣人心大定，經濟開始繁榮。

第三階段是「八二三」金門砲戰之後，因爲遭遇我們堅强的抵抗，毛共不獨無力侵犯臺灣澎湖，而且也不敢進攻金門馬祖，而因美國態度的積極，金門似乎也可認爲已在美國防禦體系之中，於是臺灣乃立於不敗之地，經濟也因有安全保障而開始「起飛」。

總結一句話：臺灣經濟的發展，迄今祗有十年時間，而我們已有這個結果，已是難能可貴了。

關於裁兵問題，我提出我的看法：「我們並非不知道軍費負擔之重是民窮財乏的重要原因。但是卽使不談其他困難和理由，裁下來的官兵的出路也很傷腦筋。假使不替他們籌妥安身立命的辦法，我們不獨於心不忍，而且有害於社會。」

曾先生說：「所以我說要發展重工業，以吸收退除役官兵的勞力。」

我說：「但是我却寄希望於中小企業。因爲本錢較輕，工作簡單，而且也有利可圖，不是畫餅充飢。由此徐圖發展，不難追踪日本。日本的發展，就是這個過程。」

我將對此作廣泛的考察和認眞的研究。

五月二十九日

船很早就開，據說十八小時後，可到達横濱。

在書橱中找到一些有關日本的資料，第一當然是大英百科全書中關於日本的天時地理人物以及政治經濟教育文化等報導，既詳備，又準確，可謂「美不勝收」。

但最難得的是一本國際獅子會出版的「獅子」雙月刊，中有一篇日本電器公司三洋（Sony）的成功故事，那是日本經濟發展的佳話和奇蹟，可供我們借鑑。這正是我所要研究的中小企業與國計民生問題的好資料。

文中報導三洋公司現有員工六千五百人，每年銷貨額是七千七百萬美元，銷路已達一百國。但在第二次世界大戰結束時，這個大公司方在一間被炸毁的百貨店中開始做修理工作，資本祇值一千六百美元，一九四六年五月，由兩個人的合夥工場改組為公司，但資本已虧為五百二十七美元了。

一九四八年，這兩位工程師兼工人的老闆，聽到美國已經發明了錄音機，一位美國傳教士替他們買到一具，他們就仿造了五十套。但是祇有一家飯店和一個警察局各買了一具。他們乃向學校推銷，果然打開銷路，現在已有四萬所學校的三分之二買了該廠所製的錄音機。

一九五二年，他們聽到美國已有電晶體在代替電流或乾電池，但是每個需款五十美元，即在美國，那時也多用於軍需工業。他們異想天開，計劃把電晶體造成便於携帶的袖珍收音機。一九五七年，他們生產了全世界第一具袖珍收音機，體積較一包香煙大不了多少。

收音機可以縮小，電視爲什麼不能縮小？於是他們又動腦筋了。一九六〇年，他們開始生產八吋的電視機，現在又縮小爲五吋。每具一百八十九元九角五分美元，每日生產一千具。

但是三洋的大老闆迄今在辦公室中仍穿拖鞋和夾克，保持當年貧寒時期的儉樸生活。而在該公司的研究方面却不惜花大錢，每年用下去的研究費，高達收入總額的百分之六，高於日本各公司研究費的平均額。（註）

中國航運公司的老闆董浩雲先生的成就和精神，也很可觀。據說董先生的船隻總噸數已達七十萬噸，三倍於招商局。一艘十一萬噸的大油輪，不久又可造成。

但董先生早年並不是一個大資本家，大陸撤退時只有幾艘舊船。董先生也沒有受過高深教育，但是現在却很有學問。他的成功因素，我了解得並不很多。但聽過這樣一個小故事，在本船某次航行中，董先生上船發現柱上一根銅線脫了釘，他關照船長要把它釘牢。等到第二次再來時，他查問銅線釘牢了沒有。對小事如此用心，對大事自更注意。但是我想董先生一定還有其他的成功因素。

註釋

註：我到洛杉磯後，曾以臺灣工業發展的方向問三兒天放（他現在任敎於加州大學），他說：電子工業尙有發展餘地，因爲這些工業與人的因素關係很大，不是大工廠就會有成就。鑒於日本三洋公司的往事

他這話似屬信而有徵，主要的原因就在該公司的兩個發起人都是電工專家。

五月三十日

一早船已到橫濱。中國航運公司東京分公司的沈副經理上船來接我們，我們搭他的車趕赴東京。他說董浩雲先生請于太太、尹太太、鳳女士和我們兩夫婦在 MIKADO 大酒家一邊吃晚飯，一邊看表演。我還沒見過董先生，理應先去看他，但因到中航公司門前已是十二點鐘，沈副經理堅邀我們上去吃午飯，我們不便多打擾，改定下午五點去訪問。

在一小飯店吃麵，較好的每碗二百七十元日幣，較臺灣貴兩倍以上。後據同船的沈女士說，她買了一個電晶體收音機，較臺灣也僅便宜了一百元臺幣。

本來想去看大使館的朋友，猛憶今天是星期六，據說下午不辦公，祗得改為逛馬路。下午五點在中航東京分公司晤見董浩雲先生，一見如故，談得很多，下午六點同在 MIKADO 大酒家吃飯。在座者還有中央信託局東京分公司兼主任周賢頌副局長伉儷。

MIKADO 的設備和佈置，很像臺北的中央酒店，食客在吃飯時可以看到臺上的表演。那天表演了二小時，包括舞蹈和短劇。日本舞蹈很簡單，不必有眞功夫，但有一節來自德國的「噴泉跳舞」，花樣翻新，色彩鮮麗，為之觀止。桌上有一聲明：每客至少日幣三千元，則較中央酒店幾乎貴二分之一。

周賢頌先生送我們回船，車行約五十分鐘，一路上爲我談日本現狀。我問他日本中小企業的情況。他說近來困難很多，主要原因是人力缺乏。一個中學畢業生，平均有五個職位在等他選擇。

周先生舉了一個例子。他說，紙花往年出口約值一千萬美元，但因人力缺乏，做者不多，年來不獨沒有出口，而且倒轉來進口二百萬美元。

「日本人力缺乏，這倒是個新聞。」我說。

周先生說：「一般人總以爲日本人力過剩。但現在日本工業發展，人力早已求過於供了。」

我又問：「中信局東京辦事處的工作是否重在採購器材？」

周先生說：「不是，本局的業務重在外銷。」

他說他們也做了節省外滙的許多工作。例如臺灣商人請買外滙採辦日本器材，我國政府當局就令該辦事處調查器材價格，因此商人就不好浮報。曾有一次，臺灣某商的一套計劃經該辦事處調查認爲完全不適用，當局就予以批駁。

五月三十一日

聽說董浩雲先生要上船來，我乃在船上等他，第一是爲向他道別，第二是想和他再談談。但是等他一到，已是高朋滿座，原來他在船上請香港的朋友吃飯。我向他致謝萍水相逢蒙他招宴的盛意，他邀我到船頂去拍了一張雙人照。

下午去橫濱逛街。三十年前我乘傑克遜總統輪赴美求學，在橫濱坐了人力車觀光，倒也別有風味。這次當然祇好坐計程車了。

晚上尹太太由東京回來，帶來周賢頌先生送給我的三件資料：聯合報日來關於如何收攬人心的八篇社論，載有周先生關於一個國際貿易會議專論的徵信新聞報，以及中信局東京辦事處所編的一册「商情月刊」。我連夜把它們讀完，以便明天開船之前託人送還他。

「商情月刊」中適巧有幾節關於中小企業的報導，可供我們參考。

一、日本所謂中小企業，是指工礦企業資本額在五千萬日元以下，雇用員工在三百人以下，或商業或加工業資本在一千萬日元以下，雇用員工在五十人以下。這些中小企業吸收的人力，佔日本就業總人數的百分之四十八，它的製品價格和銷售價格，佔日本製品銷售總額的百分之四十八。最可注意的，它們的出口價值，竟佔日本出口總數額的百分之五十。

二、日本中小企業面臨的困難：一、大工業近況和遠景都較好，容易吸引人力，所以中小企業漸有人力不足之感。二、中小企業資金融通比較困難。

三、日本的鐘錶工業本來也微不足道，但商情月報說，一九五八年出口的手錶僅二萬六千隻，去年竟增至二百萬零六千一百隻。其中更可注意的：日本手錶的輸出對象，竟有百分之五十是美國。而因美國的進口稅高達百分之六十至九十，於是日本鐘錶商人乃將零件運往波多利哥的浮琴島，由美國聯號裝配後輸入美國，這類工廠，我想當年也祇有中小企業的規模，可是現在却慢慢的進化爲一種大工業了。

現在商戰日烈，科學日精，製品日新，花式日繁，我們一定要有充份的情報，創造的頭腦，革新的精神，勤勞的身心，並由政府予以輔助，社會加以支持，然後方能出奇制勝，迎頭趕上。日本就是我們的好榜樣。

六月一日

起身不久，船卽開動。此後十二天中都將在太平洋中航行，不獨不靠岸，也許根本看不到陸地。

聽無線電廣播，發現蘇聯也有中國話播音。其中有一消息說：北韓一艘漁船有人患病必須開刀，廣播求救，其時適有俄船駛近，將其送至俄國港口醫院割治，現已痊癒云云。因而想到貨船沒有醫師，生病實在危險，尤其是此去十二天不能停泊，如果生起盲腸炎來，那準是九死一生。黃船長告訴說：船上備有抗生素，可以急救。

前天友人告訴我：我國已派魏道明先生出使日本。昨天英文日本時報有合衆國際社一則臺北電訊，大意說魏道明大使的新任命使人甚爲驚異，其驚異程度，爲臺北年來所未有。

該社報導，立法院等有關方面的人士總以爲駐日大使的人選，第一必須强靭，第二必須苦幹，實幹，第三必須了解日本。該社報導一般人認爲魏大使沒有具備這些條件。

該社說：魏氏曾任駐法大使、駐美大使和臺灣省政府主席，與中日外交並無關連。

該社指出魏氏於民國三十八年赴美，直至去年方才回臺。他今年六十四歲，不獨與實際政治早已脫節，而且他當年去美國的用意顯然是在退休，而且確已自動退休十餘年了。

上引合衆國際社的消息，是我根據友人口述而寫的，後來我向同船乘客何毓衡先生借閱原文，加以核對，大致不錯，所以不再直譯。

我不認識魏先生，但我相信該社的報導與事實距離不會太遠。

似乎是商岳衡先生在大華晚報著論指出：駐日使館是我國外交家的墳墓。這是說對日外交很難辦。但我認爲歷屆駐日大使之不得人，也是對日本外交失敗的重大原因。所謂「雖曰天命，豈非人事哉！」

因思我國朝野各界的通病：用人的氣魄總是不够大，請舉例證：
第一，不敢用新人，而喜用舊人：所以說：「衣不如新，人不如故。」
第二，不放心靑年人甚至壯年人，而喜用老年人，所以說：「嘴上無毛，做事不牢。」
第三，不喜歡直諒的人，而喜用柔順的人，因此「直如絃，死道邊，曲如鈎，反封侯。」
其實 國父孫中山先生論治平之道，早就指出：「竊嘗深維歐洲富强之本，不盡在於船堅砲利，壘固兵强，而在於人能盡其才，地能盡其利，物能盡其用，貨能暢其流。此四事者，富强之大經，治國之大本也。」我以爲在這四者之中，「人盡其才」最爲重要。
怎樣能使人盡其才？孫先生認爲必須做到三點：「故教養有道，則天無枉生之才；鼓勵以方，則野無鬱抑之士；任使得法，則朝無倖進之徒。斯三者不失其序，則人能盡其才矣。」在這三者之中，任使得法最重要。因爲倖進之門一開，上以是求，下以是應，而倖進如成爲鼓勵，教養便不能發生效果。
唐朝名宰相陸宣公論人才消長之道，也說在於朝廷能否善爲鼓舞任使。他說：「祚屬殷昌，必時多雋傑，運鍾衰季，則朝乏英髦。當在衰季之時，咸謂無人足任，及其雄才御寓，淑德應期，賢能相從，森若林會。然則興王之良佐，皆是季代之棄才。在季而愚，當興而智。乃知季代非獨遺賢而不用，其於養育獎勵之道，亦有所不至焉。」

舉例以明之，陸宣公說：「漢高禀大度，故其時多魁傑不羈之材，漢武好英風，故其時富瓌詭立名之士，漢宣精吏能，故其時萃循良核實之能。迨乎哀平桓靈，昵比小人，疏遠君子，故其時近習操國柄，嬖威擅朝權。」

即此可以證明：「是知人之才性與時升降。好之則至，獎之則崇，抑之則衰，斥之則絕。此人才消長之所由也。」（以上引陸贄：論朝官等改轉倫序狀）因爲「朝廷者萬方之所宗仰，羣士之所楷模，觀而效焉，必有甚者」。（陸贄：論裴延齡姦蠹書）

一位朋友曾經爲我比較中美駐H大使的作風。他說：現任美國大使賴世和，並不是職業外交家，他的前職是哈佛大學教授。美國關於駐外使節的現行人事政策，是儘量用職業外交家，但甘迺廸特選派賴世和使日，因爲他在美日兩國的學術界聲望特高（他是日本問題專家，夫人是日本人），而在日本反美風潮紛起之際，駐日使節的任務特別艱巨。賴世和果然不辱使命，到任之後對日本左傾勢力方面而特別注意。鑒於從前反對艾森豪總統訪日的乃是日本的左傾學生團體賴世，和就對他們痛下功夫，把其中的領袖人物紛紛送到美國觀光或求學，現在共黨勢力在日本學生團體中因之大爲削弱了。

但是我們大使館的作風就大不同了。好在他們已經去職，這裡不必再轉播他們的「傑作」。

但願來者變更作風，不辱使命！

六月二日

昨晚沒有風，浪也不大，但好多女乘客都睡不好，吃不下。船長說這一帶海底的暗浪較大，過了明天就較好了。

我不暈船，所以照樣吃得好。我們四人一桌，五菜一湯。（當然是中菜，但也可要求吃西菜）上船已十天，還沒有一道相同的菜。我笑說：臺北小菜場和伙食店的菜料，每種都給我們的廚工買來了。

昨天從魏大使的任命聯想到我國的用人之道，今天爲想看看這方面的資料，我翻開了書橱中的「戴季陶先生全集」。但是他雖做了一生的考試院院長，全集雖有兩厚册，可是沒有這方面的資料。

全集蒐錄文章一千四百十篇，其中書信却有九百三十八封。而其餘四百七十二篇文章中多數是爲他人著作所寫的序文和開幕詞、閉幕詞等，不很出色。

戴先生書信中對人例稱「先生」，但對蔣總統則稱「介兄」。足見他們關係的深切。但給蔣總統的幾封信，內容却多「無關宏旨」。

戴先生早年自號戴天仇，我想看看他年青時期的「血性文章」，可是爲數很少。原來全集「編例」中已經交代得很明白。民國二十年前的文字，「先生生前囑弗搜輯」。不知何故。

又，全集編者陳天錫先生在序中說：「關於編印（孝園文稿）之事，先生生前亦略有計議，大體按文字內容性質分別部居，擇其少諍論者先行問世，其餘俟之身後。」但全集出版時，先生墓木已拱，而全集中仍無諍論。是編者不敢發表呢？還是根本沒有多少諍論可言呢？

集中有一則「箴言」如下：「愼文字，寡言語。戒憤怒，絕憂思。勿玩物喪志，勿因私誤公。書札須盡可公開，言語要都有實用。勿過勤，過勤是致惰之根。勿猛進，猛進是傷勇之原。和平中正，忍讓謙遜。事成勿居功，事敗必引咎。牛步雖遲，久行可致千里。駒行雖疾，一蹶難以再興。不求事必成功，但求行之合道。勉力爲善，愼始全終。痛定思痛，過勿憚改。」

這則箴言，乃是戴先生「夫子自道」。從此可以想見他是一位「謙謙君子」，「好好先生」。

回憶三十幾年前我幫潘公展先生辦上海晨報時，戴先生曾爲它的週年紀念，寫過一篇祝詞，指出報紙應守「四字眞言」：新、眞、精、敦。敦是敦厚。我特別欣賞這個「敦」字。

從戴先生的言行，我聯想到昨天日記中所引述的陸宣公。前者謹小愼微，後者盡言極諫。借用白居易的譬喻，戴先生是霧豹冥鴻，寂兮寥兮；陸宣公是雲龍風鵬，勃然突然。立身處世，不妨效戴先生，從政辦事，我願學陸宣公。

六月三日

船上多暇，橱中多書，我正好及時讀書。暫定先看陸贄的「陸宣公奏議」，梁任公的「飲冰室全集」，顧亭林的「日知錄」和黃梨洲的「明夷待訪錄」。

在千百册書籍中，我所以獨喜這四種書，因爲這四人都富於思想，有改造社會和政治的一套道理。這四人又富於血性，能言人所不敢言。

在飲冰室文集中，我認爲下列各文都值得重讀和精讀。其中大多數雖寫在民國紀元以前，然今日讀之仍可借鑑。題目如下：

（一）變法通議
（二）論中國積弱由於防弊
（三）說動
（四）國民十大元氣論
（五）少年中國說
（六）中國積弱溯源論

（七）過渡時代論
（八）論中國國民之品格
（九）臺諫近事感言
（十）中國前途之希望與國民之責任
（十一）歷史上中華國民事業之成敗及今後革進之機運
（十二）外交歟內政歟
（十三）「知不可而爲」主義與「爲而不有」主義
（十四）教育應用的道德公準
（十五）政治之基礎與言論家之責任

例如在上列最後一篇中，梁任公指出運用現代政治的八個必要條件，從而呼籲言論界來做社會運動，以促成這些現代政治條件的產生和成熟。這些條件有如左列：

（一）有少數能任政務官或政黨首領之人，其器量、學識、才能、譽望，皆優越而爲國人所矜式。
（二）有次多數能任事務官之人，分門別類，各有專長，執行一政，決無隕越。
（三）有大多數能聽受政譚之人，對於政策之適否，略能了解而親切有味。

（四）凡爲政治活動者，皆有相當之恒產，不致借政治爲衣食之資。
（五）凡爲政治運動者，皆有水平線以上之道德，不致擲棄其良心之主張而無所惜。
（六）養成一種政治習慣，使卑汚闒冗之人，不能自存於政治社會。
（七）有特別勢力行動軼出常軌外者，政治家之力能抗壓矯正之。
（八）政治社會之人人，各有其相當之實力，旣能爲政治家之後援，亦能使其嚴憚。
我們現在已具備這些條件了麼？我以爲我們特別缺乏上列第一第五第六和第八等四項。外國友人常問我何以亞洲各國沒有穩固而健全的民主政治？是否亞洲人不適於民主生活？我想任公這文多少指出了此中癥結。

六月四日

我在中學求學時期，就愛讀梁任公的文章，特別是他的飲冰室自由書和德育鑑。我的思想，也頗受他的影響。所以如雲輪書橱中對我最具有吸引力的書就是林志鈞編的飲冰室全集。今日繼續披閱。

我對梁任公文章的喜愛和對他個人的好感，林志鈞在序文中無異爲我表白。他說：「際此鄙懷枸陋舉世昏睡之日，任公獨奮然以力學經世爲己任。其涉覽之廣，衍於新故蛻變之交，殆欲吸收歛時之新知識，而集於一身。文字思想之解放，無一不開其先路。其始也言言舉世所不敢，爲舉世所未嘗爲，而卒之登高之呼，聾發聵振。雖老成夙學，亦相與驚愕而漸卽於傾服。所謂思想界之陳涉，視同時任何人，其力量殆皆過之。而任公則自謂其在思想界破壞力不少，而建設則未聞。凡自加評判之語，見於集中者，以吾所知同儕及先輩，自知之明，自責之嚴，鮮有過之者。此則任公之至不可及者已。」

但梁任公也不無可議之處。作爲一位言論家和政治家，我以爲他不免失之於偏，而偏，無論是偏私、偏激或偏失，乃是政治家和言論家的大忌。因爲偏就不公，偏就不明，偏就不和，這就違反了他上列第二項條件：「其器量、學識、才能、譽望，皆優越而爲國人所矜式」。

舉一例證。任公在「五十年中國進化概論」中論列晚近五十年思想進步的三個時期，在第二時期中他提出張之洞、康有爲、章太炎、嚴復和他本人，但是沒有提孫中山。文中談到政治的進步時，他指出兩點：一是民族建國的精神和民主的精神，那就不能無視孫中山先生了，但任公先生祇歸功於「人民一種覺悟」，不肯替孫中山說一句公道話，也不提「孫中山」三字。總之，在任公先生心中根本沒有孫中山先生這個人。你看偏私不偏私！

時賢（似乎是胡適之）論中國民族的弱點，指出貧、弱、愚、私。那是似乎三四十年以前的話，現在情形已有改善，祗是偏私一病已入膏肓，而以中共之有己無人，偏私之病犯得最重。

六月五日

欒大副對我說，今晚船將駛過「國際換日線」，我們可以多一個六月五日；今天是東半球的六月五日，明日是西半球的六月五日。所以紐約與臺北相差十二小時，在臺北是六月五日下午六時，而在紐約則是六月五日的上午六時。

欒大副和黃船長先後邀我為旅客和船員作一次演講。我固辭不獲。但是講什麼好呢？我想應該講得輕鬆一些。我正看完胡適之的留學日記，對他所譯的「哀希臘歌」很感興趣，而作者拜倫（胡譯為裴倫）的一生又可歌可泣。於是我想講：「拜倫及其哀希臘歌」。

於是我在大英百科全書中，找得拜倫的小史。他是十九世紀英國一位文學家。一八二一年聽到希臘獨立運動興起，他醉心自由，變賣家產，購得一艘一百二十噸的海船，投效希臘革命軍。初做外交工作，後打游擊戰爭。兩年後因過度勞頓，病死軍中。

死前作哀希臘歌十六節。先敍希臘戰勝波斯的光榮歷史，繼嘆風流雲散，不堪回首。全詩旨在喚起希臘人的革命精神，所以我以為值得介紹一下。

全篇十六節，祗錄其七：

馬拉頓後兮山高，

馬拉頓前兮海號。

哀時詞客獨來遊兮，

猶夢希臘終自主也。

指波斯京觀以爲正兮，

吾安能奴僇以終古也！

按這是胡適之的譯文，梁任公已早譯過，我以爲好於胡譯。其詞如下：

馬拉頓後兮山容縹緲，

馬拉頓前兮海波環繞。

如此好山河也應有自由回照。

我向那波斯軍墓門憑弔。

不信我爲奴爲隸今生便了，

難道我爲奴爲隸今生便了！

以下五節都是胡譯：

徒愧汗曾何益兮，嗟雪涕之計拙；

獨不念吾先人兮，爲自由而流血？
吾欲訴天閽兮，
還我斯巴達之三百英魂兮！
但令百一存兮，
以再造吾瘦馬披離之關兮！

沉沉希臘，猶無聲兮；
惟聞鬼語，作潮鳴兮。
鬼曰：『但令生者一人起兮，
吾曹雖死，總陰相爾兮！』
嗚咽兮鬼歌，
生者之瘖兮，奈鬼何！

法蘭之人，何可托兮！
其王貪狡，不可度兮。

所可托兮，希臘之刀。
所可信兮，希臘之豪。
突厥慓兮，拉丁狡兮，
雖吾盾之堅兮，吾何以自全兮？

注美酒兮盈杯。
美人舞兮低徊。
眼波兮盈盈，
一顧兮傾城。
對彼美兮，淚下不能已兮。
子兮子兮，
胡爲生兒爲奴婢兮！
置我乎須寧之巖兮，
狎波濤而爲伍。

且行吟以悲嘯兮，
惟潮聲與對語。
如黃鵠之逍遙兮，
將於是焉老死。
奴隸之國非吾土兮，——
碎此杯以自矢！

六月六日

今日開始讀顧亭林的日知錄。

與同船友人就明日演講題材交換意見，有人提議應該講更有益的題目。有人要我講反攻問題。有人說：「我們一登岸，就會有人來問我國反攻大陸的形勢是否可以樂觀，我們也許答不出來。你可否講些給我們參考？」

我認為這些提議頗有見地，決定放棄昨日擬講的拜倫故事。

用了半天的時間和心力，參照幾位學生的意見，想得有關反攻的十個問題如下：

第一、大陸地大、物博、人多，而臺灣有什麼可能反攻大陸消滅毛匪呢？

第二、除了森林自己枯萎外，我們還有什麼別的方法可以把它燒掉？
第三、這座森林是否已經到了可以用一根火柴將它燒掉的時候？
第四、共產黨除了本身萎縮外，在它的週圍是否有許多火藥庫存在？
第五、什麼是我們反攻最為有利的時候？
第六、我們自己獨立反攻的能力如何？
第七、國際形勢的轉變，諸如毛共與俄共，或毛共與印度的衝突等，我們在外交上是否有利用的機會？
第八、我們為什麼會失去許多反攻的好機會？
第九、我們這種與中共相持的階段究竟將有多長？
第十、我們在相持階段中應有什麼樣的作法？

六月七日

應黃船長之約，對全體旅客和高級船員四十餘人作了一次演講。因為今天是星期日，上午已由一位美籍牧師舉行佈道大會。下午我這個演講，因為講的乃是反共的道理，乃是把天國建築在現實世界上的道理，我也叫它「佈道大會」。

那個「佈道大會」講了一點二十分。

（按）那天承何毓衡先生錄音。後來宋痕先生參考錄音寫成一篇通訊登載在新聞天地中。全文如下：

陶百川在太平洋上佈道

時間：五十三年六月七日（西半球的時間），下午七時正。

地點：中國航運公司豪華客貨快輪如雲號上高級船員餐廳。她正在北緯四十四度四十九分，西經一百五十五度五十九分——說通俗一點，也就是在阿留申羣島與舊金山之間的太平洋海面上，鼓浪以十八海里時速朝向洛杉磯進發。

人物：如雲輪上不當班的各級船員，幾乎是全體的乘客。

景：近四十來個人把這個幽雅的餐廳已塞得很滿了。很可想像的是能加櫈子的地方都有人在坐了。條形餐桌一端擺了一瓶塑膠花，兩面鮮艷的青天白日滿地紅國旗分立在花瓶的兩側。窗外已是漆黑，窗簾已拉上，爲了避免機艙傳上來的噪音，門也關得很緊。但是開有暖氣的通風，嘶嘶地灌進這間房子來。

黃徵寅船長：這是如雲輪的第九航次……特別是有自由中國老百姓最信賴的監察委員陶百川先生來和我們演講，我們鼓掌歡迎。（掌聲）

陶百川：（身着灰色西裝，像教授似地夾有三本書，（我想是他的日記本，記事本之類）步上揷有花與國旗的一端，面對聽衆。）……我今天花了一天的時間來準備，談的是一個很大的題目：「反攻大陸的十大問題。」⑧

星星之火　第一，若美國人問起你：「大陸地大、物博、人多，而臺灣以什麼可能去反攻大陸消滅毛匪呢？」

七、八年以前，「美國新聞與世界報導」的記者馬丁，去拜訪蔣經國先生，提出了這個問題時，蔣先生的回答很好。他說：「一座森林很大，一根火柴很小。若是這座森林的林木都枯爛，那麼一根火柴可以把它燒光。也就是說星星之火可以燎原。」

現在大陸的情勢枯萎腐爛，是很明顯的。而且一年比一年厲害。到一根火柴可以把它燒掉時，就是我們反攻勝利的時候。

火上加油　第二個問題：「除了森林自己枯萎外，我們還有什麼別的方法可以把它燒掉？」

我要補充蔣經國先生的話。如果這座森林自己不枯萎，我們可以在這座森林的四週埋下許多火藥，上面澆滿汽油，這時候一根火柴可以點燃汽油，可以爆炸火藥，這座森林更可以毀滅。

枯萎的趨勢　第三個問題：「這座森林是否已經到了可以用一根火柴將它燒掉的時候？」

不單是論大陸，就是以整個全世界的共產黨來看，它的力量和聲勢都不如從前。青年們已經不再相信共產主義。卽以俄國而論，他革命成功了四十六年，他都不能解決許多的社會問題。俄國工業生產、農業生產，特別是人民生活的水準，都趕不上一般民主的國家。大陸中共的政權更不必說，一年差似一年。在最近兩三年以來，毛澤東與赫魯曉夫間的分裂，可以說使中共軍事力量比以前削弱多了。它所需要的飛機和重武器，蘇俄已經沒有再供給，就是已經擁有的這些飛機和重武器必備的零件和彈藥，俄國人也停止供給。儘管他在數字上有三千架飛機，但實際可用的則要大大的減少。對國內的農業方面儘管如何努力，也不能恢復到以往的情形。蘇俄在工業生產、科學發展方面，也許它是集中全力而很有可觀，但農業生產，以最近購買美麥，就明白地看出它的失敗來。其他共產附庸國家也都是一樣地失敗。

共產主義最能號召全世界的，是它比資本主義更能解決社會問題，但事實却相反。故共產黨已失去了它的號召力，也可以說是這座森林已經到了枯萎的階段。

四週的危機　第四個問題：「共產黨除了本身萎縮外，在它的週圍是否有許多火藥庫存在？」

從中共政權最近所實施的「遠交近攻」的策略，就可明瞭它對勢力所不及的國家，就採取和平主義。但是對於在它周圍的鄰國，却抱侵略主義。像印度、越南、柬埔寨、寮國、韓國，甚而至於緬甸……它都用顚覆、滲透及游擊戰去侵略。現在這些國家都揭穿了共黨的假面具。拿中共與印度的衝突作例，就不言自明了。

這些埋伏在共黨四週的火藥庫，一旦爆發，也就是共黨四面受敵，趨於崩潰的一天了。

總統在「蘇俄與中國」一書裏告訴我們，他不寄望於第三次世界大戰來解決中國問題，他只希望中、韓、越三國的聯盟；將來中國大陸的戰爭，是中型的戰爭。

如果我們的鄰邦，和我們齊步並進攻打中共的時候，這個火藥庫爆炸的力量是非常大的。

無望於共軍主動 第五個問題：「什麼是我們反攻最爲有利的時候？」

我認爲就是共軍主動對我們發動攻勢的時候。就像六年以前共匪砲轟金門。可惜它沒有支持好久就停了下來，否則我們已經早就反攻了。因爲那種反攻的主動是共黨政權。

基於中美共同防禦協定，在這個條約規定之下，美國軍隊就必須參加防守臺灣澎湖的戰爭。而且這不是一個防守的戰爭，是要攻擊大陸以阻止它們的侵略。

「八二三」砲戰毛共失敗之後，陳毅就對新聞記者表示，他們「解放」臺灣，不靠軍事力量。那麼前述由毛共主動侵臺而使我們反攻大陸的機會，似乎是沒有了。

但是總統曾經又告訴我們，要促進對大陸的反攻，一定由我們先點這把火。不管這座森林枯萎的程度如何，不管他們是不是來攻擊，我們都要去開第一鎗。

獨力反攻的決心 第六個問題：「我們自己獨力反攻的能力如何？」

各位都記得前年政府加徵國防特捐，那一次國家增加了二十二億臺幣的收入。這一筆錢，政府就決心作獨力反攻之用。我們準備了許多登陸的工具，渡海的工具，一時的形勢就很緊張。可是由於美國竭力的反對，加上赫毛的衝突明朗化，毛共和印度的反目逐漸完成，政府也許認爲世界將有更大的變化，我們要作更好的籌劃。我們的反攻，又在積極的準備之下而沒有開始。

拒絕和平攻勢　第七個問題：「國際形勢的轉變。諸如毛共與俄共，或毛共與印度的衝突等，我們在外交上是否有利用的機會？」

以前我曾經寫過一篇文字，建議政府與印度作外交上的接觸。敏感的人也想到我們對蘇俄是否可以作試探性的舉動？

這一點照個人的了解不很可能。蘇俄對自由世界仍抱敵視的態度，沒有機會可以利用。至於印度，我們應該有所作爲，祇是政府不便有積極的行動。

毛共是否會向臺灣招手呢？在七、八年以前，毛澤東、周恩來的確有過這種和平的攻勢，但我們政府堅決的拒絕和不理會。所以毛共在故作一陣姿態之後，七八年以來沒有再施這種狡計。

外力的援助　第八個問題：「我們爲什麼會失去許多反攻的好機會？」

過去十五年以來，的確錯過了許多達成反攻行動目的的機會。例如三十九年至四十年間沒有能出兵參加韓戰；「八二三」砲戰的時候，我們沒有乘機打過去；幾年以前幾萬人由香港邊境衝出鐵幕奔向自由，而象徵了毛共政權的瀕危，但我們又不能利用。

由於毛共好戰的本質，有我無你的本質，它內部危機會繼續產生，我們的機會也會繼續不斷的來臨。最近越南的不安就是一個例證，祇是反攻的時機還得要看各種形勢發展如何。

我們拿一根火柴來比喻自己，其實在力量上是決不止於此的。可是我們只有一副本錢，我們必須要愛惜這一副本錢。但是我們所以不能利用這許多機會，主要的原因還是美國的政策。

美國朝野上下的反共是無可否認的，但是若叫他們明目張膽地帮助我們反攻，則時機尚未成熟。

美國對於中國反攻大陸的軍事協助，我認爲正規的出動海陸空三軍的韓戰式，與後勤及技術支援的越南式都不可能，但是供給我們所需要的足够攻擊武器之後，讓我們攻上大陸，站住一個時候，然後他們再來參加。我想是可能的。

但是，政府是否就認爲目前就是最好和最後的機會，那本人却不敢斷論了。可是我敢很大膽地說，反攻機會始終是存在的。

自己好自爲之　第九個問題：「我們這種與中共相持的階段究竟有多長？」

我認爲這個答案是：遠在天邊，近在眼前。但是我們要盡力促成這個時間的結束，趕緊發動軍事行動。

前面說過，共產黨的危機是始終存在，我們的機會也始終存在。然而我們要好自爲之，不要等到機會來到而錯失，或者是沒有能夠促成這個階段的縮短，造成反攻的機會。

我們的作法　最後的一個問題：「我們在相持階段中應有什麼樣的作法？」

我的看法有三點：

（一）外交：繼續摒棄毛共於聯合國之外。假使毛共萬一進入聯合國之後，反共的戰爭，便成了一種國際的戰爭。我們發動反攻的行動，可能被誣爲一種侵略的行動。這種影響對內政外交上都是很嚴重的。

過去這些年來，我們對這方面的努力是非常成功的。今年雖然有法國的承認毛共，但我可以說，毛共要想獲得三分之二會員國的同意，從過去投票的趨勢來看，還是不可能的。

總統在「蘇俄與中國」裏說，促成中、韓、越三國的同盟，在機會成熟時，三方面同時對大陸採取攻勢。雖然韓國李大統領的去職，越南情勢的不穩，目前這個想法還談不到。但是，我認爲總統是有遠見的，而且這也就是我們外交上的目標。

其次是如何使美國政府積極的協助我們。我們不求韓戰式的全面帮助，但如越南式的後勤、武器、精神的支持是應該爭取的。也許在我們自己力量充實時，我這種想法也許是不難成爲事實。

（二）經濟：現在的戰爭是一種金錢的戰爭，更需要外滙向外國購買材料。

我路過東京時，朋友告訴我，日本國民的每年總生產平均每人五百二十美元。美國就記憶所及，是平均每人爲二千三百元。我們是一百二十美元。如果我們努力生產，每人能增加現行生產額的十分之一，那麼臺灣一千二百萬人，國家每年就可以多收入美金一億四千萬。這個數字在七八年之前，無異痴人說夢。近年來出於經濟方面的進步，再增加一億四千萬美元，應該是可能的。只要我們發展工業及經濟的潛力，而且不妨再從中小企業着手，我們對臺灣經濟前途是樂觀而有信心的。

僑滙也是國家外滙的主要來源之一。如果政府領導有方，人民都能愛國，每個僑胞每月滙回一元美金。那麼一千萬華僑，每年就可使國家多一億二千萬美元的外滙收入。

（三）政治：政治是一個領導，政治做不好，外交及經濟上都不可能有什麼作爲。要壯大我們反攻的力量，個人認爲至少要做到下列兩點：

甲、團結——本省人與外省人團結，政府與人民團結，國民黨與各黨各派團結，海內外人士團結。不久以前，總統倡導反共建國聯盟，這是一個很重要的步驟。通過反共建國聯盟，來吸收各方面年青的人，吸收新起的人才，讓他們發表意見，參加政府工作，使政府的基礎格外廣大，反映人民的意見也格外眞實。

如今，政府也很有誠意來這樣作，那麼團結是有光明的遠景的。

乙、進步——不斷的求進步。現在我認爲政治的進步太慢。有的弊端沒有發現，有的發現了而沒有決心去改，從而影響到軍事與經濟。大陸的淪陷，就是政治上不進步的後果。

一個國家要做到——

人民覺得她可愛；

友邦覺得她可敬；

敵人覺得她可怕。

如此則離成功不遠矣。所以政治要進步再進步。

總統近年來提倡革新、動員、戰鬪，可以說是針對政治所下的藥方。剩下來的就是要靠全國人民的努力了。政治有了長足的進步，反攻大陸的事業定能早日完成。

六月八日

在明朝遺老中，我最喜歡黃梨洲（宗羲）和顧亭林（炎武）。這與他們二人的著作——前者的明夷待訪錄和後者的日知錄，不無關係。

今日續閱日知錄。

記得幾年前監察委員崔震華先生曾經印行一種「原抄本顧亭林日知錄」，以別於坊間的刻本。然據黃季剛的校閱，兩種版本，相差並不很多。當然抄本稱「明朝」爲「本朝」，而抄本中「素夷狄行乎夷狄」一節在刻本中全被刪去。

日知錄卷十三有「部刺史」和「六條之外不察」，記述監察制度的沿革，對我很有用處，而且讀之頗多啓發。

所謂「六條之外不察」，乃是說部刺史（監察人員）祗許以六條監察行政機關，不得代行政事。日知錄擧出下例：「故朱博爲冀州刺史，勅告吏民，欲言縣丞尉者，刺史不察，黃綬各自詣郡。鮑宣爲豫州牧，以聽訟所察過詔條，被劾。而薛宣上疏，言吏多苛政，政教煩碎，大率咎在部刺史或不循守條職，擧錯各以其意，多與郡縣事。翟方進傳，言遷朔方刺史，居官不煩苛，所察應條輒擧。自刺史之職下侵，而守令始不可爲，天下之事，猶治絲而棼之矣。」

所謂六條是：

一條：强宗豪右，田宅踰制，以强凌弱，以衆暴寡。

二條：二千石不奉詔書，倍公向私，旁詔牟利，侵漁百姓，聚歛爲姦。

三條：二千石不卹疑獄，風厲殺人，怒則任刑，喜則任賞，煩擾刻暴，剝削黎元，爲百姓所疾，山崩石裂，訞祥訛言。

四條：二千石選署不平，苟阿所愛，蔽賢寵頑。

五條：二千石子弟，怙倚榮勢，請託所監。

六條：二千石違公下比，阿附豪强，通行貨賂，割損政令。

我們監察委員對行政院有糾正權，但我以爲不宜做得過分。過分則是代行政事矣。

日知錄在另一節中記道：「宋葉適言，法令日繁，治具日密，禁防束縛，至不可動。而人之智慮自不能出於繩約之內，故人材亦以不振。今與人稍談及度外之事，輒搖手而不敢爲。夫以漢之能盡人材，陳湯猶扼腕於文墨吏，而況於今日乎！宜乎豪傑之士，無以自奮，而同歸於庸儒也。」

梁任公「論中國積弱由於防弊」一文，可供參閱。

又明制監察御史分察百僚，巡按州縣，一年一換，顧亭林認爲深合治術。日知錄說：「夫守令之官，不可以不久也。監臨之任，不可以久也。久則情親而弊生，望輕而法玩。故一年一代之制，又漢法之所不如。而察吏安民之效，已見於二三百年者也。唐李嶠請十州置御史一人，以周年爲限，使其親至屬縣，或入閭里，督察姦訛，觀採風俗。此法正本朝所行。」

準此以觀，我們監察委員六年一任已嫌過長，而況終身任職乎！

但物有兩面，事有是非，任久也有好處，所以世界現制，法官多爲終身職。

又漢制刺史僅爲六百石，但可監察二千石的大官。有人認爲「輕重不相準」，不當以卑臨尊。顧亭林則以爲不然。他引元城語錄：「秩卑則其人激昂，權重則能行志。」

明制御史也是秩卑而權大。日知錄載：「至於秩至七品，與漢六百石制同。王制，天子使其大夫爲三監，監於方伯之國，國三人。金華應氏曰，方伯者天子所任以總乎外者也。又有監以臨之。蓋方伯權重則易專，大夫位卑則不敢肆，此大小相維內外相統之微意也。何病其輕重不相準乎？」

「飽暖思淫慾」，「千金之子，坐不垂堂」，我以爲監察委員不宜有特權化的待遇，以免腐蝕。

六月九日

續閱日知錄，續有所感。中有一段論思想桎梏之爲害，顧亭林說得很痛切。他說：「使枚乘相如而習今日之經義，則必不能發其文章。使管仲孫武而讀今日之科條，則必不能運其權略。故法令者，敗壞人材之具，以防姦宄，而得之者什三，以沮豪傑，而失之者常什七矣」。

記得從前看黃梨洲的明夷待訪錄，就這一點，他比顧亭林說得更痛切。書橱中適有該書，在

「原法」篇中找到這樣一段議論：「卽論者謂有治人無治法。吾以爲有治法而後有治人。自非法之法桎梏天下人之手足，卽有能治之人，終不勝其牽挽嫌疑之顧盼。有所設施，亦就其外之所得安于苟簡，而不能有度外之功名。使先王之法而在，莫不有法外之意存乎其間。其人是也，則可以無不行之意，其人非也，亦不至深刻羅網，文害天下。故曰有治法而後有治人。」

顧亭林以法令爲「敗壞人材之具」，自是指那些惡法而言。以我這樣崇尚法治，然也不贊成惡法之治。黃梨洲雖說：「有治法而後有治人」，這個議論，不獨正大，而且進步，在那時眞不可多得，可是他也抨擊「非法之法」的惡法。

何謂「非法之法」？黃梨洲以爲那是「一家之法，而非天下之法」。他說：「三代以上有法，三代以下無法」。三代以下之法，多是非法之法。

何以言之？他解釋道：「三代之法，藏天下於天下者也。山澤之利，不必其盡取，刑賞之權，不疑其旁落；貴不在朝廷也，賤不在草莽也。在後世方議其法之疏，而天下之人不見上之可欲，不見下之可惡，法愈疏而亂愈不作。所謂無法之法也。後世之法，藏天下於筐篋者也。利不欲其遺於下，福必欲其歛於上；用一人焉，則疑其自私，而又用一人以制其私；行一事焉，則慮其可欺，而又設一事以防其欺。天下之人共知其筐篋之所在，吾亦鰓鰓然日唯筐篋之是慮。故其法不得不密，法愈密而天下之亂卽生於法之中。所謂非法之法也。」

如雲輪預定二日後可抵洛杉磯，雖將繼續東航，過巴拿馬運河而赴紐約，但大部份旅客都將在洛杉磯離船，所以船長發起今晚舉行同樂晚會，以爲紀念。

晚會在七點左右開始，至十一點方結束。由何毓衡先生主席兼司儀。何先生聰敏伶俐，主持有方，旅客皆大歡喜。

我們每人都有所表演，有的唱歌，有的說笑話。我講了一個聯句（對對子）的故事。我說：在座大半是青年學生，沒有讀過私塾，所以也沒有學過「對對」。我在略述對對的方法後，舉了一個主客飲酒聯句的例子。從一個字對到十個字。

先是客去敲門，主人問：「誰？」客答：「我。」

主人又問：「何往？」客答：「特來。」

於是主人開門，客人進屋。坐定後，主人吩咐僕人：「取茶去。」客想飲酒，叫僕人：「拿酒來。」

主人無奈，衹得勸他少飲：「黃旭三杯。」客人提出反要求：「李白一斗。」

主人推託：「無肴難下嚥。」客人志不在茶，所以說：「有酒便開心。」

主人不得不加以限制：「衹此數杯而已，」客答：「再開一罈何妨！」

主人又設詞推託：「厨下僮僕皆已睡。」客人看到女主人尚在堂中，便說：「堂上尊嫂猶未眠。」

於是主人很不高興，簡直加以斥責：「惡客貪杯，必非君子。」客人也反唇相譏：「鄙翁吝酒，也是小人。」

那時快近半夜，主人央求：「夜已深，何不踏月回家。」客答：「天未明，正好飛觴醉月。」遠處傳來更聲，主人便道：「鼕鼕鼕，鏜鏜鏜，三更三點。」但是客人猶未盡興，竟說：「來來來，請請請，一口一杯。」

六月十日

續閱黃梨洲的明夷待訪錄。他的「原君」「原臣」各篇中持論正大，說理透澈，勇氣磅礴，比較英法民權運動的巨子，也不多讓。玆舉數例：

他在「原君」中說：「古者以天下爲主，君爲客；凡君之所畢世而經營者，爲天下也。今也以君爲主，天下爲客；凡天下之無地而得安寧者，爲君也」。

又說：「嗚呼！豈設君之道固如是乎！古者天下之人愛戴其君，比之如父，擬之如天，誠不爲過也。今也天下之人怨惡其君，視之如寇讐，名之爲獨夫，固其所也。而小儒規規焉以君臣之義無所逃於天地之間；至桀紂之暴，猶謂湯武不當誅之，而妄傳伯夷叔齊無稽之事。」

黃梨洲的爲臣之道，可與他的設君之道，互相闡明。他說：「有人焉，視於無形，聽於無聲，以事其君，可謂之臣乎？曰：否。殺其身以事其君，可謂之臣乎？曰：否。夫視於無形，聽於無聲，資於事父也。殺其身者，無私之極則也，而猶不足當之，則臣道如何而後可？曰：緣夫天下之大，非一人之所能治，而分治之以羣工。故我之出而仕也，爲天下，非爲君也；爲萬民，非爲一姓也。吾以天下萬民起見，非其道，卽君以形聲強我，未之敢從也，況於無形無聲乎？非其道，卽立身於其朝，未之敢許也，況於殺其身乎？不然，而以君之一身一姓起見，君有無形無聲之嗜慾，吾從而視之，聽之，此宦官宮妾之心也。君爲己死而爲己亡，吾從而死之，亡之，此其私暱者之事也。是乃臣不臣之辨也。」

他又說：「嗟乎！後世驕君自恣，不以天下萬民爲事。其所求乎草野者，不過欲得奔走服役之人。乃使草野之應於上者，亦不出夫奔走服役。一時免於寒餓，遂感在上之知遇，不復計其禮之備與不備，躋之僕妾之間，而以爲當然。萬歷初，神宗之待張居正，其禮稍優，比於古之師傅，未能百一。當時論者駭然居正之受無人臣禮。夫居正之罪，正坐不能以師傅自待，聽指使於僕妾，而責之反是，何也？是則耳目浸淫於流俗之所謂臣者，以爲鵠矣，又豈知臣之與君名異而實同耶！」

黃梨洲力駁「臣爲君而設」的小儒之論，鼓吹：「臣之與君，名異而實同。」

可是「君之職分難明」，以俄頃淫樂易無窮之悲。而爲臣者又往往以僕妾自居，不以天下爲事。所以黃梨洲要以悲天憫人的心境來寫這本待訪錄，以待天亮時候有道之人的訪求。

按梨洲這書初寫於壬寅，續成於癸卯。而照顧亭林給他信中所說：「頃過薊門，見貴門人，稔起居無恙，因出大著待訪錄讀之」，足見這書在康熙時代已經流傳。我們看的版本，也早在道光十九年（一八三九年）付梓。那時正是異族專制時代，而這樣的書竟敢寫，敢印，敢讀，而且不受「以古諷今」之罪，不與文字之獄，此清祚所以尚能延續很多年也。

六月十一日

明日可到我的目的地，洛杉磯。早餐後在甲板上散步，順便想想我在船上所看的書究竟對我有什麼好處，得了什麼教訓。

我所看的書都是悲天憫人治國安民的著作。即使是詩集，也不例外。因爲在詩集中，我祇看了陸放翁集和白居易集。放翁是「愛國詩人」，臨死猶念念不忘「王師北定中原日，家祭毋忘告乃翁」。白樂天的詩文是「爲君爲臣爲民爲物爲事而作，不爲文而作也」。

至於學術經濟的書，我看了陸贄的「陸宣公奏議」，梁任公的「飲冰室全集」，顧亭林的「日知錄」和黃梨洲的「明夷待訪錄」。我所以獨喜這四部書，也因爲這四人有悲天憫人的思想，有改造社會和政治的主張，而且又富於血性，能言人所不敢言。

在治道和治術方面，我在這幾天中所體驗到的初步結論，約有下列八條：

人民重於政府

自由重於管制

負責重於服從

賢能重於關係

是非重於人情

效果重於形式

治事重於防弊

任法重於任智

我有大部份行李將隨船運往紐約。但何者應隨身帶往洛杉磯或芝加哥，何者應託船長逕運紐約，在臺北整理行李時尚未有這打算，今日必須重行分別裝箱或打包，所以忙了一天。

六月十二日

清晨五點船已抵洛杉磯港口，旋卽靠岸，美國海關、移民局和檢疫人員先後上船。但是接船的親友被阻在柵門外，暫時不准進來。原來這是美孚公司加油加水的私人碼頭，船公司爲省靠岸費用（八百美金），所以改在這裡讓我們下船，同時它在加油加水。

船長說：美國人辦事很認眞，碼頭二十四小時開放，海關等人員也二十四小時辦公。海關檢查相當麻煩，每一箱篋都要打開，但課稅很客氣，態度也很好。在檢查我的行李後，檢查員說：「妳有好多件兒童玩具，應該塡入申報欄」。我問：「妳認爲我有多少玩具？」他想了一想：「大約三件」，我說：「平均每件大約五角美金，似乎不必塡報」。他表示同意，全部放行。

到了上午十一點，全部行李都已查畢，接船親友已准進入柵門。天放、蘇堅和他們的小兒子康華、嘉華和小女兒仲華，都在迎候我們。我們坐着他們的汽車到他們家中。預定在這裡住一個月。

天放在加州大學教書，雖然祇有三門功課，但因他自己兼做實驗，屬下有幾位研究生和助手，所以天天得到學校去指導他們做實驗。他在吃中飯時和我們匆匆談了一陣，下午就去學校了，直到六點方回來。

陶百川悄悄赴美

邱星明

一

耿直敢言的監察委員陶百川先生，已於五月二十三日自高雄搭乘如雲號輪赴美考察，他這次偕夫人同行，在美與他們的兒女團聚。停留一年，對國會監察制作比較研究。

五年前，陶百川委員曾應美國國務院的邀請，赴美考察美國國會制度。這次去美國是由於五年前認識的一位美國友人介紹，獲得一個學術基金會的協助，因而成行。他抵美後，要將中美兩國的國會作比較研究，將中國的五權憲法監察權，獨立運用的經驗，帶給國外學術界，並交換意見。另外，並要研究美國國會監察權如何運用，以作為我國日後如果修改憲法的參考。

離國前，陶百川委員曾向監察院請假一年，他謙虛的說：「我出國考察，一年後如有收穫，也不足以抵償一年中我對於監察職務的曠失。我是監察院外交委員會的委員，我將酌量情形在海外為國家做點國民外交的工作。」

二

陶百川說，做國民外交常有無形的收穫，對國家頗有利益。

今年二月間，美國華盛頓郵報曾派一位 Warren Unna 記者來華訪問。熟悉美國新聞界情況的都了解華盛頓郵報向不同情中國政府，但這位記者到達臺北，偏要訪晤陶百川委員。起先，陶百川委員對華盛頓郵報記者的訪問很有些考慮，結果，他還是允了所請，接見了這位洋記者。不過，為表示慎重起見，陶委員還邀請了一位中國友人在座，旁聽華盛頓郵報記者的採訪談話。

事隔一個多月，三月七日的華盛頓郵報以顯著的地位刊登了 Warren Unna 撰寫的臺北通訊。

這篇通訊中引述了該報記者訪問陶百川委員談話的內容：

「至於美國，自從蔣總統撤到這個外島後，十四年來一直是中華民國經濟、軍事和士氣的支柱。但臺灣躭心華盛頓支持的熱誠可能衰退的憂懼心理正在增長。

「中華民國八十三位監察委員中一位直率敢言的陶百川，在一次記者訪問中聲稱：『甚至在古巴，美國依然不與採取交戰態度的卡斯特羅作戰，如果華沙會談（美國與中共會談）進行順利，我覺得美國政府有一天會自臺灣海峽撤退，任何事件都可能發生，我們必需準備應付此種危機。』

「陶百川與隨同　蔣總統撤來臺灣之一百五十萬人中的許多人一樣，不僅認為收復中國大陸是他的最終目標，而且聲稱中華民國反攻大陸也是中華民國對於防衛自由世界的一部份貢獻。

「同時他認為美國對於此種任務不應採取消極的態度，而應予以協助。」

通過這次訪問，一張素來對中華民國不作同情主張的美國報紙，把有利於反共抗俄的宣傳也來說出，陶百川認為，這就是做了國民外交的功效。華盛頓郵報三月七日所刊出的臺北通訊，行政院新聞局已將原文翻譯，刊印於該局編印的國外與論輯要。陶百川委員認為行政院新聞局此項集印的工作，很有價值，尤其翻譯頗忠實於原文。陶百川委員曾多次就譯文與報載原文對照過，認為可以放心。

三

陶百川委員在一九三五年進哈佛大學，他的老三陶天放和老四陶天文小姐後來均在哈佛深造。老三得的是物理學博士，老四是病理學博士，但陶委員沒有學位。

五年前自美國考察國會制度回臺後，他一再對監察院的同人說，他更充份相信監察院現在的職權，不是從前的御史制度。他說，中國監察制度與美國國會顯著不同點是：中國一個監察委員就可提案彈劾；而美國的國會議員要三分之二才能提案彈劾；美國開國一百七十年來，國會提出的彈劾案不過十二件。

陶百川委員曾向監察院介紹美國國會一分鐘演說的制度，他認爲我國國會可以效法。所謂一分鐘演說，卽是任何一位國會議員，只要討論案件的議員停止發言了，其他議員就可起立，發言談論其他的任何事情。陶委員說，我們的國會議員，除非在立法院提出質詢，或在監察院提出提案，便不易有發言的機會。

到美國訪問的中華民國知名人士，經常會遇到美國朋友詢問大陸上發生的若干問題，尤其關於反攻大陸方面的。

五年前，陶百川在美國，就有好幾位美國的著名人士問：你們怎能反攻大陸？

陶百川委員用蔣經國先生答復美國新聞與世界報導記者馬丁的談話內容，告訴美國朋友：「一座森林和一根火柴，誰大？這是不能比的。但是如果森林的根已經乾枯了，雖然它是龐然大物，一根火柴點燃了便可輕易的將森林燒燬。」

陶百川委員去年將這件事告訴了蔣經國先生，那時蔣經國應現已故世的美國總統甘迺迪邀請赴美訪問。

四

談到大陸上的情況，陶委員很感慨的表示，以監察院來說，也看不到大陸共產黨的有關資料。他認爲與共產黨鬪爭，必需知己知彼，更需要直接找到對方的原始資料。以赫毛交惡這一件不可忽視的大事爲例，他除了在報上看到一些不完全的消息外，看不到直接的資料和報導，因此，他不能對此問題有權威性的見解。

美國耶魯大學華克教授（Richarel Walker）是陶委員熟識的朋友。華克教授來臺研究中國問題，曾對陶百川說過幾句坦白話：

「這裏的反共基礎不夠堅強充實，因爲青年專門喊口號，老年人和中年人過去與共產黨在大陸鬪爭過，但目前共產黨在大陸上的做法，老年人和中年人懂的也不太多……」

嗜好讀書的陶百川委員，他說因爲過於忙碌，現在已無時間讀大部頭的書。他做一件事，向來是歡喜全心全力的做，有時專心得幾天連報紙都抽不出時間過目。但他自認爲生平有一項好的做法，卽是每隔若干時候，他便要找尋一個相當長時間，作爲進修的機會。例如他有一個習慣，就是一個職務辭却，絕不卽刻找第二個職務，他總要留下一段讀書時間，使自己充實。

五年前，他應美國國務院邀請赴美考察，原定的時間爲兩個月，他延長到四個月，當時，他的研究重點考察美國國會制度，研究憲法，但他也參觀美國各大學，特別留意法律上的問題。他年靑時在國內唸大學，先讀的文學系，後唸法學系。他經常在做了多年的事後，設法到國外去研究一段時間。

抗戰前，陶百川去過俄國訪問。那是在他辭去淞滬警備總司令部軍法處長職務以後的事，他曾到海外各國考察政治制度。陶百川委員說：

「那時的淞滬警備司令是吳鐵城先生擔任，我在那裏擔任了兩年的軍法處長，我覺得做這個工作無意思，因爲審判犯人的工作太消極了。」

五

距離前次訪美的五年後，他目前又有一次機會出國研究，他的內心是相當高興的。

由於他要出國一年，他曾淸理住屋，他找出了一、兩千封人民的來函，這些來函中大多數是向陶百川鳴不平的，陶百川說：

「我看了這許多人民的來函，我反省對於來函中所述的事情，未辦十分之五，未辦的原因並非環境不許可，而是條件不够。美國參議員，平均可用十七個職員爲他工作，職員們的薪金由政府負擔，他們的薪金不等，有的一萬美金一年，有的三、四千美金一年。參議員在華盛頓和家鄉都有事務所。國會議員是爲選民說話的。政治學上的名詞特別强調國會議員是人民的奶媽(Nurse)，因此，政府對參議員所聘請的職員列入預算是正當的補助。這批職員幫助國會議員回復選民的來函，蒐集國會議員所需的資料，甚至陪家鄉來的選民去華府時觀光各地。因此，美國國會議員辦事的效率相當高。」

陶百川承認他爲某一件案子所寫的長達萬言字的答辯書，都是由他自己執筆的。

六

提到監察院的工作效率，陶百川委員提到一位美國朋友的話，這位美國研究國會和法律的專家，來華訪問過監察院後，對陶百川說：

「從兩件小事可以看出中國監察院的辦事效率不高，第一是監察院的圖書太少，其次是監察院的汽車太少。」

陶百川委員過去訪美時曾參觀過美國國會圖書館，他深爲羡慕，那裏面的收藏的資料太多了。國會議員寫提案，要找一個問題的資料，國會圖書舘中有專家協助。陶委員說：「說起來，這是很可憐的，監察院每個月祇有新臺幣四千元，作爲圖書雜誌報紙的購置費。」因此，經常爲了搜集某一項特殊的問題的有關材料，要找國外的參考資料，陶百川委員常常坐在臺北美國新聞處的圖書舘內翻閱新書雜誌。

陶百川委員說，人民對他有相當的印象，他知道，所以他更重視他的工作。他說：「有一天凌晨二點鐘，我突然接到一個陌生人的電話，告訴我一件不合法的事，……」他重視人民提供他參考的意見。

陶百川出國之前很忙碌，奇怪的是新聞界未注意到他的行期已經確定。新聞天地的記者與陶委員聯絡了數次，才利用他在家午餐的時間訪問，與陶委員談了一個半小時。

同陶百川委員夫婦搭如雲輪赴美的乘客，尚有尹仲容夫人，和「紐約時報一百年」翻譯者何毓衡海軍中校等。何中校是到美國參加一項海洋學術講習會，此次在美將逗留三個月後回國。

五十三年五月二十一日臺北

檢討已過，舊話重刊

中國議壇

本年度的監察院總檢討會已經結束了，在歷次檢討會中發言較多者之一的陶百川監委，今年適在美國未歸。儘管總檢討會的精神並未因陶百川監委的缺席而有太大影響，但一向注意監委言論的人們，却難免對遠在異邦的陶氏有份懷念之情。因此，記者特就近十年來陶監委有關言論，略加摘述。雖然舊文重刊，不無浪費篇幅之嫌，但對那些關心監委言論的讀者而言，却是值得的。而報紙上的文字，原不是每篇都能適合所有讀者的胃口，只要有人認眞地讀它，就算達到目的了。

一

民國四十三年七月撰寫的一篇題爲「一個監察委員的『狗生哲學』」一文中，陶監委曾有下述幾段話：

「遠在四年前，我和其他三位監委對中國石油公司張前總經理提了一個糾彈案，……兩年後在檢討這個糾彈案的一次會議中，我向黨內幾位高級負責人指陳：「如果諸位先生正式決定要我們不追這個糾彈案，以我個人來說，心雖不服，誼當遵命。但請給我們一個通知，俾得聊以解嘲。這個案子辦到這步田地，我們雖外慚清議，但是並不內疚，因爲照憲法規定，作爲一個監察委員的我祇是一隻看門狗。英美政治學者也常把監察機關和審計機關稱爲 Watch-dog（看門狗），我們的處境正是如此。關於本案，我們已經叫了兩年，大家都已聽到，而且已經『聲聞於天』。將來大家如果決定不辦，看門狗能有什麼辦法呢！」這是我把我自己譬作看門狗的由來。」

「……但是中國的監察院，不比美國的參議院或英國的上議院，它們都掌有審判權和懲戒權，而我們只有告發權（糾彈），至於審判權和懲戒權，則分屬於法院或公務員懲戒委員會，監察院無權過問、而且監察院對地方法院一個檢察官就監察院的糾彈案所作的不起訴處分，不得聲請再議；監察院在這一方面的權力，甚至不及自訴人，他對檢察官的不起訴處分却有申請再議之權。對於公務員懲戒委員會的處分，監察院即使不滿意，也沒有翻案的機會。」

「正如一隻看門狗，監察委員的力量祇能做到喚起法院或懲戒委員會注意爲止。所以它的職權，既不及現代各國的上院，它們掌有懲戒權，也不及古代的御史，他們握有『上方寶劍』，有時可以先斬後奏。因此，有人假如認爲監察委員是老虎，我看也祇是紙老虎而已。」

「但是，卽使僅僅行使了糾彈權，有的監察委員已經變成了『目標』。因爲執政當局總覺得家醜不可外揚。他們甚至以爲外國來賓都讚美我們的政治清明，而監察委員却還說某也貪污，某也違法，豈非是自淘糞缸，破壞了政府的信譽！所以監察委員提出一個較大的糾彈案時，不獨被糾彈的人恨之入骨，而執政當局也往往怪他們不顧大體，甚至報以惡聲。……監察委員發覺違法失職而糾彈，正像看門狗看見賊來而高吠。養狗的目的原是如此，奈何人們竟然忘了這個目的，而反怪它把他從『自我陶醉』的『清秋大夢』中叫將醒來爲可恨呢！」

「……美國的月亮誠不較好於中國，可是美國的看門狗，無論家犬或國犬，却比我們的『狗運亨通』。在這舉國競尚『美（國）化』的時候，請把我們的『養狗政策』和『狗生哲學』也來『美化』一下如何？」

二

在民國五十一年的監院總檢討會議中，陶監委曾有一篇演講，題爲「叫與咬」。其中有下述數段：

「我有一個看法，監察院的任務，除了做之外，叫也是很重要的。看門狗有兩種本領：一種是咬，另一種是叫。實在講起來，叫的任務比咬的任務還要大。因爲狗咬人的能力很有限，……但是叫却是很重要的。」

「……例如最近石油公司嘉義溶劑廠的科長在四、五年間侵吞了五百幾十萬元，直到廠長離開，副廠長接事，查了一下，雖已歸還幾十萬元，但還侵佔了四百多萬元。這件事要說上級不曉得，很難使人相信。卽使沒有共同罪行，至少也是重大失職。現在聽說這位廠長已經高升了。我覺得調查這類案子，本院應該追究。此外，中央銀行、交通銀行、臺灣銀行、中國銀行、中央信託局，以及其他公營事業機構，相信多有類似的情形，但是我們却沒有追究到上級主管。我提議院裏把這些卷找出來，再重新審查一下，必要的時候，對於上級的主管，提一個綜合彈劾案。」

「本院過去對一個被彈劾的官員，如涉及刑事，除了彈劾以外，同時送法院，請法院偵查起訴。我發現這個方法不很好。……我從前提過一個關於招商局人員的案子，這個案子打了六年官司，公務員懲戒委員會對於他的行政責任，因此一直擱在那裏不提。最後如判決有罪，公務員懲戒委員會當然很容易處理，最後如沒有罪，公務員懲戒委員會也樂得做人情把他放過，這樣就不能達到剷除貪官汚吏的目的。一個涉嫌貪汚的人送到法院以後，他可以請最好的律師替他辯護，甚至可以通關節。而我們提糾彈案的人，案子送出去以後，却不能再管。如果我們到法院去問，被認爲是干涉審判。」

「這是一面倒的官司，他們往往勝利，我們往往失敗。刑事失敗的結果，將來在懲戒方面也必落空。所以我想我們是否研究一下，凡是這種涉及刑事的糾彈案件，第一步先送公務員懲戒委員會，等公務員懲戒委員會三個月內懲戒下來，我們把他的懲戒書再送原提案的審查委員看一看，是否要繼續追究刑事責任。假如要繼續追究刑事責任，我們到那時再作決議，送到法院去。」

三

在爲敬悼梁上棟先生逝世三週年所寫的「從參政員到監察委員」文中，陶氏有過這樣一段話：

「……我們做了幾年監察委員後，發覺監察委員遠比參政員難做，而我們二人在艱苦奮鬥中的相需相助，加深了我對他的了解。原來監察委員是所謂『風霜之任』，……今昔相比，我自信不是我做人做事的根本觀念有了什麼改變，那完全是因爲做了監察委員就不能不得罪人。這也是『職業中毒』，有時竟『明知故犯』，而實在是『無可奈何』。」

四

四十九年十二月，陶氏寫了「脫黨的邊緣」一文，在文首，他引了韓愈的「致姪兒韓湘詩」。詩曰：一封朝奏九重天，夕貶潮陽路八千。欲爲聖明除弊事，敢將衰朽惜殘年！雲橫秦嶺家何在？雪擁藍關馬不前。知汝遠來應有意，好收吾骨瘴河邊！

文中，有幾段話值得轉述：

「我們黨部的黨員總登記運動，發生在監察院彈劾兪故院長之後。中央認爲監察委員同志應該支持本黨的行政院長，而今予以彈劾，乃是反對本黨，因而認爲應受黨紀的處分。我是彈劾案十個提案人之一，而且被認爲是主要份子，於是瀕臨了被整肅的邊緣。我們的辯解是說監察院好比一家外科醫院，監委的任務是開刀，而且祗是開刀而已。同黨的行政人員，如果違法失職而曲予優容，將何以整飭紀綱，治療疴疾？我們依據憲法行使職權，除非玩法弄權，不應被認爲違反黨紀。後來還是由於蔣總裁的寬容精神，沒有把整肅問題提出來，而替代整肅辦法的總登記辦法，也經蔣先生一再考慮之後擱置起來。」

「話雖如此，我的黨籍，在我做監察委員的未來歲月中，隨時可發生問題。因爲監察委員是『風霜之任』，以得罪人爲本分，以批評時政爲常業，捨此，別無他事可做。在黨部的意旨與監察院的意旨之間，在黨的要求與國家要求之間，在黨紀與國法之間，在人情與良心之間，我常須作痛苦的選擇。選擇前者，我可左右逢源，選擇後者，難免要冒黨籍的危險。我自廿歲加入國民黨以後，迄今已有卅七年的黨齡，實在不願輕易脫離，我默禱以後不要再受像俞故院長彈劾案那樣嚴重的考驗。」

「……在聽話的黨員和盡職的監察委員二者有時不能一致的夾縫中，我默禱能有高度的智慧和藝術，使二者並行不悖。」

「魚與熊掌二者得兼，自是大幸，如果不能，將何所取捨？這是說：如果黨的意志和良心的判斷衝突的時候，我們應該如何抉擇？我請教了孔夫子，他提出一個『義』字作為抉擇的標準。他對曾子說：如果是義之所在，子應服從父親，臣應服從君主；但如果是不義之事，則子不可不爭於父，臣不可不爭於君，請容我引申一句，黨員不可不爭於黨。孔子又指出孝道來強調說：『故當不義則爭之，從父之命，又焉得為孝乎！』」

五

民國四十一年三月十二日，陶監委曾在監察院為紀念 國父逝世的集會中發表演說，題為「監察院的動員和權威」。在談到如何實施監察動員時，他指出「先要從值日委員着手」。他這樣寫着：

「監察委員確在一個場合行使了非常大的職權，就是在值日的那一天。因為所有書狀和調查報告都由值日委員批閱，他有權批辦，他有權批存，他對於任何重大案子，認爲不必加以處理時，都可批存，而且只要一個人（至多也不過三個人）就可行使這樣大的權。因此我們不得不希望值日委員能够加强動員，對公事能多加注意，這樣一定能有更多的調查案，因而成立更多的糾彈案。」

「爲了這個問題，我曾經想了一個辦法，擬了一個提案，就是要秘書處將値日委員批閱的文卷，列一張表逐日送給所有監察委員看。表中規定發文機關、摘由、値日委員的批語。也許各位委員看到這個表以後，發現某一椿控告案，他知道的比較淸楚，假使値日委員批存的，他可以把卷調出重加考慮。我曾將這個提案送給楊秘書長，看楊秘書長是否能接受這個提議，因此尙未提出來。我相信由全體委員來注意外來的控告案，總比二三位値日委員要週密一點。」

六

談到建立權威部份時，陶委員有下述幾段話：

「……『權』，是力量，是法律賦予的力量。我們有的是監察權，所以我們已有相當大的力量。但有權一定還要有威，然後才能發生眞正的力量。『威』之爲物很抽象，如威力，如威嚴，不是法律所可創造的。但把我們的權發揮出來，我們必然有威。有的人有權而無威，那是因爲沒有把權發揮出來。我國有四個字叫做『有威可畏』。有的監察委員，人家望而生畏。這個監察委員，就是有權又有威。」

「然則如何建立權威，保衛權威呢？可分為兩點：第一應走法律的途徑，第二應走道德的途徑。一般權威的構成因素當然很多，但以監察院而論，不外這兩個因素。這就是說，法律所賦予的權，我們要充分行使，使他產生威，使官吏有所畏懼。同時要在人格和智識方面下工夫，使人家能敬而畏之。這種道德的權威，恐怕比法律給我們的權威還要大。孔子有什麼權，但是史稱『孔子作春秋而亂臣賊子懼』。因為他有崇高的人格，高深的學問，人家尊敬他，所以『一字之褒榮於華袞，一字之貶嚴於斧鉞』。」

「……監察委員要建立權威，必須要有革命精神，『革命的精神』解釋，各人的看法不同。我願引孔子的一段話來做註解：『不得中行而與之，必也狂狷乎。狂者進取，狷者有所不為也』。狂是進取，狷是不為自己打算。我以為這是革命者應有的人生觀。」

七

在四十二年二月所寫的題為「政治永遠需要批評」一文中，陶監委有這樣一段話：

「……讀者至此，也許要想知道臺灣對言論自由的尺度以及對於一般批評的反應。

「我忝為監察委員，有關監察方面的情況，知道的較多。試以監察院提出的許多糾彈案為例來說明。那些都是所謂『合法的批評』和『合法的反對』，若干高級官吏看了往往不高興，憤恨之情，有時竟形於辭色，但他們只是背地謾罵一場而已，幸而還沒有鬧出大笑話。報紙過份謹愼往往略而不登。指導監督新聞事業的當局，作風還算開明。若干侵犯人民自由的舉動，多是少數執行人員的錯誤，他們有的太爲國家的安全着想，以致執行過當。所以照目前的趨勢來看，假使政府能夠繼續保持理智，遵守憲法，而民意代表又能恪守職責，不讓政府違法失職，則臺灣言論自由的權利，當不致僅限於胡適之先生一人。」

在四十一年所撰的「言路如何開，異議如何待」一文的結尾，有這樣幾段話：

「孝經諫爭章第十五載：

「曾子曰：『若夫慈愛恭敬，安親揚名，則聞命矣。敢問：子從父之命，可謂孝乎？』

「子曰：『是何言與！是何言與！昔者，天子有爭臣七人，雖無道，不失其天下。諸侯有爭臣五人，雖無道，不失其國。大夫有爭臣三人，雖無道，不失其家。士有爭友，則身不離於令名。父有爭子，則身不陷於不義。故當不義，則子不可以不爭於父，臣不可以不爭於君。故當不義則爭之。從父之命，又焉得爲孝乎？』」

「臺灣有立法委員五百餘人，監察委員九十餘人，地方各級代表千餘人，如有十分之一善盡諫爭的責任，則照孔老夫子的說法，當局可望不離於令名，政府可望不陷於不義，國可不失，民皆利賴。企予望之！願共勉之。」（五三、一二、二十九，自立晚報記者）

陶百川先生胡不歸！

聯合報

——五十四年四月十五日社論——

監察委員陶百川先生，四月八日自紐約函候此間各報採訪國會新聞的記者同業，表示他正在「考慮暫留美國」，「利用極有限之餘生，爲國家作最有益之事」。前些日子，新聞報導已傳出過陶百川先生無意如期返國的消息，我們總以爲是道路遠隔，傳聞之誤，如今得讀報載陶委員候函全文，方知並非空穴來風，我們在懷念遠人之餘，更不勝悵悵。

說是懷念遠人，我們並無任何私情，乃是完全基於公誼。因爲論陶先生的道德事功，他那風骨嶙峋的性格，智慧卓越的思想，凡是接觸他本人或者留心過他言論著作的人們，都會留下我國傳統觀念中所謂「書生本色」的深刻印象。特別是這十多年來，陶先生在監察院內執行臺諫之責，若干有關風憲的大事件，他不僅對案情的調查，下過一般人所難予想像的工夫：而且對案情的分析，更道出一般人所難得具有的見解。消極的糾正了頹疲的政風，積極的提出了政策性的建議，其貢獻之多，貢獻之大，昭昭在人耳目，大家必然與我們有同感。

乃如今這樣一位監察委員，竟然在與國人相約出國研究一年的旅美期間，最近頓然萌生了暫不回國的考慮，我們自然不免若有所失，不勝惆悵。因爲就陶先生個人的想法說，也許眞如他來函所述，書生報國，不限時地，在美國教書鬻文，「宣揚中國文化，解釋臺北觀點，批判錯誤言論」，並以所見所感，隨時函陳國內當局參考，同樣有所獻替。而且我們也充分相信，陶先生雖然身留美國，必然心繫臺灣，他在國外的一言一行，也必然有利於國家的對外宣傳，有助於國際的對我同情。而他對國內當局所函陳的所見所感，也必然見人所不能見，發人所未能發者，大有助於當局者的耳目聰明。

不過，我們仍然不能釋然於懷的是：

第一，試就陶委員而非陶先生的地位說，監察委員是民選的，不是派任的。選民選出了陶先生做監察委員，付託以臺諫之責，豈可輕易言辭。尤其是在「形格勢禁」的國家當前處境下，監察委員和其他中央級民意代表一樣，既然不可能改選，若干位年事較高者，近年來又先後謝世，在人少事繁的情況下，像陶委員這樣春秋鼎盛的六二之年，正是現行監察委員行列中少不得的一位中堅人物，更豈容高蹈而置身行列之外。

再說，陶百川先生來函談到辭職的動機，有道是七八年前早有此意，此次考慮已非新聞。並謂「近因右老逝世，更感無能爲力，是以亟思引退」。關於這一點，我們更覺得並不恰當。因爲要知民意代表之不同於行政官吏者，乃在其對選民負責而非對首長負責，對國家負責而非對上級負責。監察院長于右任先生之逝世，固然是國家的重大損失。但監察委員因于院長之逝世而對本人職務感到無能爲力，因此遽萌退志，在公在私均非所以繼承先賢遺志與夫尊重國家元勳之道。

第二，再試就陶委員來函所稱「道不行，乘桴浮於海，雖聖人亦不得不去父母之邦」的觀點說，我們覺得，也頗有商酌餘地。要知監察委員職司言責，究非負有行政決策責任的政務官所可比。政務官應以政策之行否斷然決去留，監察委員則只須做到知無不言，言無不盡的程度，就已盡了職責，問心無愧。因此，以陶委員過去這多年在監察委員崗位工作上的貢獻，陶委員本人可以自謙爲「力不從心，愧乏績效」，在國人心目中，則發聾振聵，已無他求。此時而言辭，陶委員又何以慰國人殷殷之望。

至於說，陶委員在國外對國家同樣必有貢獻，我們固然毫不懷疑。不過，這種貢獻，究竟是間接的，而非直接的；究竟是著效於較遠，而非收功於當時的。而且去國之日一久，國內情況必將隔膜，是則陶委員之所可獻言於當局者，必將因隔膜日增而難切中時弊。我們相信，以陶先生對國家的熱愛，對國情的關切，當然是不願眞的一天一天和他熱愛的國家在感情上相暌違，和熱愛他的朋友以及同胞在形跡上相疏遠的。

因此，驚聞陶委員正在考慮暫留美國不卽回臺的正式消息後，我們在不勝悵悵之餘，不禁要說出我們如上的看法和想法，並且誠懇寄望遠方的陶委員，早日命駕東歸。

促陶百川先生歸國

——五十四年四月十五日社論——

自立晚報

監委陶百川先生自年前應邀攜眷赴美，迄今未曾言旋。以陶先生風骨的嶙峋，去國後，言談笑貌，無時不在國人懷想之中。近讀其海外來鴻，字裏行間，猶存家國之思。只是對其是否如期回國一端，未能當機立斷。我們於此，實不能無言。

陶先生身居諫壇，職司風憲，書生報國，誠未有絲毫之怠荒。所謂「力不從心」，要亦客觀形勢所使然。但所謂「院長死，我就辭職」之說，我們實未敢苟同。竊陶先生之意，或以為監察院之所以能糾彈檢舉，使貪頑不法之徒囚而無可遁形者，乃全恃于院長一人之聲望。而院長一死，卽事無可爲。此實爲一過於消極的想法。須知，監察權爲 國父手創五權之一，行憲後經憲法明定爲國家制度。絕不能因一院長之死，而對整個監察權的行使遽失信心。與此相反，唯其于院長死去，所有監委諸公始更有其不可諉卸的責任。此所謂國家永在而人事無常，一制度的維繫，必持有無數之後來者。陶先生存此一念，匪獨爲其個人之自我菲薄，抑且對國人付托之重，未能始終一貫，堅持到底，要非如陶先生者所宜有。

陶先生來信謂「今後將以有限之餘生，爲國家作最有益之事。」而其所謂有益之事不過在美辦一英文刊物；或加入一華僑報紙任主筆；或接洽臺港一二家報紙，爲其寫外交通訊；或找一書局寫書；或找一學校敎書。此等事誠各有其重要。然而若謂其重要性猶超過陶先生現任之職務，則將無人能輕予置信。陶先生現任監察委員。監察委員之責任爲何？曰：維護憲法的尊嚴，貫澈憲政的實施，促進政治的淸明，團結反共的人心。此時此地，最有益於國家之事，寗有逾於此者乎？國家今日求一辦英文刊物、求一任主筆或寫外交通訊者大有人在，若求一監察委員而直言敢諫如陶先生者能有幾人？陶先生捨此最有效的報國之途而欲辦刊物、任主筆、寫通訊、寫書或敎書，正所謂捨本逐末，意存逃避而已。陶先生說：「『道不行，乘桴浮於海』，雖聖人亦不得不去父母之邦」。斯何言歟！聖人志在匡扶天下，不得已而獨善其身，乃指國家無敵國外患時之進退出處而言，今日何時，此地何地，國勢方危如櫐卵，而朝野幾盡失法守，愛國如陶先生者，能安於作一海外寓公嗎？

我們深知陶先生爲一愛國主義者，其服膺眞理、爲眞理而奮鬪的精神，放眼當世，殊少有人能及。倘陶先生久滯海外不歸，至少將發生兩宗影響：使國際人士誤以爲中國國是已無可爲，愛國如陶百川者尚且心灰意懶，遑論其他；此其一。使年靑一代因而對國家失望，無復有攘臂而起的豪氣與擇善固執的志節；此其二。陶先生一人的行止而發生如此巨大的影響，質之陶先生，又何以能自安？

陶先生來信末尾有這樣的話：「其實弟之計劃，目前尚未確定，如期回國，亦未可知」。短短數語，盡道出一愛國者內心之洶湧翻騰。我們於此敢遙爲致意：今日在臺北，在整個臺灣，有無數顆赤忱的心熱望你歸來，熱望重親你的風範，再聆你的高論言談！歸來吧，百川先生，爲此多難的祖國，爲此擾攘的世界，也爲你千古的令名！我們等着歡迎你！

給陶委員百川的一封公開信

曹德宣

百川兄鑒：分手二年，未得晤敎，遙望雲天，悵惘奚如，頃由友人處轉達我兄慰問之意，至爲銘感，一切托庇，尙告平安，幸勿以爲念！前在報端閱我兄答覆此間記者諸先生之函，曾表示「力不從心」有倦勤不歸之意。對此不但弟與同寅皆不以爲然，卽輿論亦多不贊同。此非個人私情，實出於大衆公意。蓋値世局動盪，國家多難之際，正國人加緊團結、同舟共濟之時，方共赴國難之不遑，豈可長期逗留國外，逃避責任？吾兄明達，諒早及此。至遭遇困難，和內心痛苦，所謂「愛國有心，救國無力」者；不但弟深有同感，卽國人亦皆同情，切不可稍存灰心，頓萌退念，有違吾人報國初衷，更負選民委託之希望。諺云「兒不嫌母醜，狗不嫌家貧」。又云「狐死首坵，落葉歸根」。吾輩職司風憲，身爲「看家狗」。就應忠於主人到底。所謂「宵旰從公，晝夜看門」，以防盜賊之來臨。至於主人對你如何，理睬與否，總要盡其在我，問心無愧而已。臺北市火車站，前年有個義犬故事。當其主人在抗戰時期，被日軍征調出國作戰，迄戰爭結束未歸，該義犬每日都往車站守候，經十餘年未曾中斷，以至於最後一次死在車站前面了事。吾輩應該向牠看齊。既然要做忠實的義犬，就應始終不懈，百折不撓，所謂「威武不屈，富貴不淫，貧賤不移，鞠躬盡瘁，死而後已」者是。自古御史和言官，爲忠於職守而遭遇禍害者，史不勝書，吾兄本院健者，工作成績輝煌，已起領導作用。不但院內同寅欽佩，而社會方面，亦有口皆碑。故自于右老逝世後，大家對於繼任人選，方期我兄出來一試。能否成功，固不敢一定，但總能代表監察院尚有正氣，和眞是非，爲國家民族前途，保留一線生機。國人方引領西望，切盼臺駕早日來歸！孰料竟萌退志，擬暫留美，以渡殘年。所持理由之不正確，已由此間聯合報、自立晚報（四月十五日）社論詳爲說明，諒邀洞察，固勿須詞費。弟今日處境，頗與吾兄相似，遭遇苦惱，或尤過之。惟自問心無愧，毀譽在所不計。當前年出國伊始，有許多人都認爲一去不歸了。及去年返國，臨行和留美兒女告別時，她們都勸我留美以度殘年（已七十了）。我則堅拒，向她們說：「在美國並不需要我，有我不多，無我不少」。在臺灣，似乎尙有點用處，頂少尙能給國家民衆做些事。雖有時亦感到「力不從心」，多找麻煩，使人討厭，然能做一分是一分，縱不能完全合乎理想也算部分盡了職責，總比不做好些。所謂盡其在我而已。弟因去年十一月在自立晚報發表「建黨七十週年紀念」一文，和年終監察院五十三年度檢討會上，發表政治檢討意見，由東京各報轉載，斷章取義，誤解爲贊成「兩個中國」之主張，中央亦未詳查，以訛傳訛，遂開除黨籍。「曾參殺人，衆口鑠金」，聖賢尙且不免，況在常人？惟自問完全出於善意，想要克盡職責，有益於黨國，不幸誤會滋生，竟遭意外。開除黨籍甘願接受，至對於三民主義之信仰，革命精神之貫澈，決不因此而稍變，相處甚久，諒爲吾兄所深信。記得弟向在紐約，曾接尊信，囑弟早歸，助汝一臂之力，以分擔各方之困擾。今則設身處地，爲弟着想，切盼吾兄之言旋言歸，早日就道，重整旗鼓，繼續前進，本着　國父孫中山先生的冒險犯難，革命大無畏之精神，再接再厲，奮鬪到底。語云「臨難勿苟免」。弟雖遭誤解，仍未灰心，一本初衷，「我行我素」。若苟有補於國家民族，縱焚身碎骨，亦所不惜。「見危受命」，更不能臨陣脫逃。曾文正公有言，「爲人臣者最怕『貳』字」，又曰「君子之道，莫大乎以忠誠爲天下倡，世之亂也，上下縱於亡等之欲，姦僞相呑，變詐相角，自圖其安，而予人以至危，畏難避害，曾不肯捐絲毫之力，以拯天下。得忠誠者起而矯之，克己而愛人，去僞而崇拙，躬履諸艱，而不責人以同患，浩然捐生，如遠遊之還鄉，而無所顧悸，由是衆人效其所爲，亦皆以苟活爲羞，以避事爲恥」。吾兄向日旣常以此勉弟，並能正躬率物、領導羣倫，今豈可放棄多年主張，而自蹈之？在兄固迫於不得已而出此，或係一時的衝動和憤慨而然歟？請三思而熟慮之！

吾兄最關切者厥爲外界誤解弟「贊成兩個中國問題」。所謂「倡言放棄堅持反對兩個中國的國策……迎合共匪統戰策略」云云，確屬「斷章取義，妄事揣測」，與事實太不相符。弟旣堅決反對中共入聯合國，更反對我們將來退出聯合國。同時也不贊成輕於和他國絕交，蓋絕交是自絕。設中共一旦入聯合國以後，我們仍然固執成見，卽和他國輕言絕交，則必陷於孤立，故有「今日反對兩個中國，將來恐有求之而不得」的話。這是專爲中共將來入聯合國以後的打算。我們現在固應堅持「反對兩個中國」的主張。可是若是中共將來加入聯合國以後，我們若仍堅持「反對兩個中國主張」，豈不是中了中共的詭計，上了它的大當嗎？所以中共若果眞能入聯合國的話，它最盼望我們趕快退出聯合國，以符合它的宿願。同時也最恨我們不退出聯合國的主張。所以誰是迎合中共統戰政策，可以不言而喻了。怎麼把那些歪曲事實的頭銜，硬加諸我的頭上，未免寃枉吧！況此篇乃係五十三年度年終檢討會的政治檢討意見，自立晚報與各報逕自轉載，不是弟自行發表者（依法院內有自由發言權，對外不負任何責任）。此項檢討意見之當否，全由院會決定後才送行政院參考，非個人所可左右，此爲吾兄所熟知者。惟弟回國不及一年，社會繁榮，經濟進步，固然是好現象，而人才外流，人心外向，動盪不安的危機，亦復可慮！盱衡大局，高目時艱，眞不勝其隱憂！讀梁任公「知我者謂我心憂，不知我者謂我何求，悠悠蒼天，其共鑒諸！」的文深有同感呀！拉雜寫來，書不盡意，切盼爲國珍重！肅候旅安　弟曹德宣拜啓（中華民國五十四年四月十九日於臺北寓次）

于右老與陶百川的去留

李子堅

陶百川委員曾私下向監院同仁表示，如果于右老一日去世，他也不再有意繼續幹監察委員了。他這段話說得很認眞的，他也眞正的決定這末做了，因而才有「回國不回國」這件事。

記者在與陶氏訪談中，特別問他爲何對「人的因素」看得這末重？換句話說，依陶氏的眼光，于院長與監察院之間的關係，究竟重要到什麼程度？

百川先生嚴肅地說：「我不以于右老在黨國的元老及聲望地位，來估計他對監察院的重要關係。但是于右老主持監院，有他的原則和標準，這是非常重要的，也是過去院內許多案件能够推動的原因。」

陶氏進一步說，根據他的看法，做監察院長並不困難，但是必須具備「九個字的標準」。

他說：第一是「不忮求」：不忮者，就是不忌妬。他認爲監察院長應不以委員們的作爲與表現，而有所忌妬。不求者，就是不圖求名利。他說，監察院長，應不利用職權地位，而求取私人的名位與利益。

第二是「有擔當」：陶氏說，對「有擔當」最簡單的說法，就是監察院長應不爲權勢壓力而嚇退，也不應爲人情攻勢而妥協。

第三是「能合作」：陶氏說，監察院長對於委員執行職務的正當行爲，應該予以全力協助，而使之貫徹，這才是「合作」，絕對不能以職權去妨害或限制委員們的作爲。

百川先生說到這裏，特別向記者表示，他和于右老並沒有深厚的私交，因此談不上以右老之存歿爲去留的標準。但他認爲，于右老之能知大體，並能具有上述的九字標準，乃是過去許多案件得能通過的主要動力。他說：于院長並不一定有力量能使許多案件通過，但是「不忮求，有擔當，能合作」却是不可缺少的基本條件。

陶氏舉出監院辦案的經驗，表示如照一般通常的程序，糾彈案件可在監院秘書處擱上一個禮拜，但他說，事實上，過去許多案件，多在十餘小時內即行處理，這樣迅速的行動，則風聲不易外洩，使人情和壓力難以施展，對委員行使職權的困難，自然也就減少。陶委員說：秘書處是在院長統轄之下，如果院長不能具備上述九個字的條件，則重要糾彈就談不上了。

自于院長去世後，監院新院長人選懸擱已久，陶氏對記者說，院長的選舉，將在八月中旬舉行，他認爲現在監察院內，不乏具有上述九字標準之人士，但是他說，限於種種條件，是否能在此次選擧中產生，則難逆料。

陶委員在被詢及監院前途時，表示得並不樂觀。他認爲，監察權在過去只能收取間接警惕的作用，但是新的院長如不能具備九個字的標準，則今後連這點作用也將難以保持。

百川先生說，要做好一個監察委員，已經是很難的一件事。爲了不徇私情，他形容自己已經是「六親斷，故友絕」。他說，他在臺灣的時候，事實上是「非常孤獨的」。但是，百川先生說，他也有他不寂寞之處，那就是他經常收到許許多多的信件，而這許多信件，又是他精神上很大的負擔。

陶氏的責任心以及他那赤子之心，是他打銷留在美國念頭的主要因素。記者問他：「您這次回臺灣以後，準備做什麼呢？」他說：「除非不回去，回去仍將繼續監察委員的身份。」他仍能爲老百姓做點事，他仍能伸張一些正氣。這也是國內外許多人士同意的看法。

百川先生對監察制度仍抱着充份的信心，人爲的因素雖然也屬重要，但是制度則是根本。陶氏相信，有這個制度存在一天，至少還有人有努力的可能。他很希望監院在改選新院長時，能注意到他所提出的九字標準。陶氏雖然不曾以新院長人選之是否理想，作爲返國與否之必要條件，但他至少已表明出他所信服的原則。他打算再以幾年的時間，盡心盡力地做他的本位工作，他說，只要有人做，效用總是有的。（五十四年六月十九日寄於紐約）

徵信新聞報特訊三則

一

〔本報訊〕監察院方面昨日證實陶百川決定打銷辭意，並續假一年。

陶百川在給監察院的函件中表示：在他離國期間，應得之一切歲公費及補助費，全部停止，以節公帑。

陶百川來信內容如下：「百對監委職務，甚感力不從心，在右老逝世後，即擬引退，但以本院不能受理委員辭職案件，重以輿論督責，友好勸勉，不得不打銷辭意。惟百與友人共同研究之各國國會監察制度，今已擴充範圍，包括丹麥、瑞典、挪威、芬蘭及蘇聯，尚須十個月至一年方可完成，茲請准予續假。在百離國期內，仍當酌做國民外交，酌寫時事報導，酌向當道進言，以期稍補時艱。至百應得之本院一切歲公費及補助費已全部停止，以節公帑。」

二

〔本報訊〕監察委員陶百川，頃自美國來函表示，無意參加監察院院長競選。

陶百川在寫給曹啓文委員的信中說：「兄等爲弟競選，私衷無任感激，然事實上殊不適宜。茲陳原因如次：一、競選者已有數人，弟不願與人相爭。二、弟之個性不適宜於行政工作。三、弟與有關方面關係不够好。四、弟不能於此時回國。五、做一委員，無拘無束，可能較多貢獻。以上五因，有其一個，卽不適宜，況有其五耶！故請兄等不必再爲弟事費心，盛情心領。」

早先，吳大宇委員曾發起，擧陶百川爲副院長，當獲曹啓文、葉時修、馬空羣、丁俊生等贊同，乃去信徵求同意，但爲陶氏所婉拒；隨後又由曹啓文代表大家去信敦勸，陶氏於七月十四日覆信，表示婉謝。

曹啓文昨天對記者說，陶委員不願競選，我們雖感失望，但他的崇高風度，將因此而使我們更加敬佩。

他說，李嗣璁與張維翰現在都已宣佈「應選」，在公在私，我們都沒有話說，只希他們兩人在競選時，能保持君子之爭的風度，以光大監察院過去選舉之優良美德。

三

監察委員陶百川身在異邦，心憂國事，自于右老及陳副總統先後逝世以來，心情一度消極，乃有欲辭去監委本職，留美專心研究之意。消息傳來，國內各方頗爲注意；陶氏友好及有關方面月前曾紛紛函電勸慰，盼其打消此意，早日返國，共赴國難。監院部份同仁更有促其競選副院長之議。陶氏之覆信中對今後行止，雖然無具體表示，然其辭意亦並非十分堅決；因之，識陶氏爲人者，皆可預料以陶氏愛國之深，當不致在此危難之秋，棄國不顧，而獨善其身。不過，究竟是否能早日回國，則當視公私環境如何而定，一時自難預言。

監院院長選舉問題，拖延已久，院中部份同仁雖有擁陶氏競選副座之意，然在院長提名未確定之前，副院長人選尙難談及。何況陶氏本人對行政職務既無興趣，有關方面是否能予同意亦未必然，因之熟悉政情者皆知此議實現之可能性甚微。不過既有人提及此事，自亦有人深表關切，尤其監院昨已通過定期選舉院長，則陶氏行止問題，自更引人注意。

據可靠消息，陶氏日前已有信致國內友好，明白表示當此時局板蕩，國步艱難之際，個人無法逃避對國家、對選民所負之責任，已決定打消辭職之意。按陶氏前此有意辭職之說，並未形諸正式文書，打消辭意自亦毋庸有所表示，不過爲澄清傳說起見，已另函有關方面，作明確之說明。

至於何時回國問題，據聞陶氏已另函監院，續假一年，繼續留美研究。換言之，已決定暫不回國參加院長選擧之投票；而競選副院長之議，自亦同時謝絕於無形矣！

論監院繼任院長人選

監委陶百川致本刊發行人手書讀後感

世界評論

四月初，監察委員陶百川有信致國會記者，微露倦勤之意和去國之思，本刊曾於上月撰述社論「向兩位忠堅的監委致意」，對陶委員有所慰勉。四月下旬，陶委員復有信致本刊發行人，對他的去留有補充表示，信上說：「……弟之擬辭監委職務，完全因事情較前難做，深怕尸位素餐。如果將來新院長有擔當，能合作，則弟仍將賈其餘勇，同臺供職。弟之所以須俟至六月底再定者，郎因新院長彼時可以選出也……」。我們讀了這一封信，覺得除了在上月的社論中所說的話以外，內心還有話想說，現在把想說的話寫在下面。

從陶委員致國會記者和本刊發行人兩封信看來，我們已經明瞭，陶委員的去思，遠因是源於颱年執行監委職務不太順利，近因是起於右老逝世，深恐繼任院長缺少擔當，使工作增加困難，因此他才站在太平洋的彼岸，面向祖國，懇切的期待和盼望。

談到監察院的前任院長和繼任人選，我們不免有所感慨。就前任院長于右老來說，他是開國元勳，其道德、學識、事功和名望堪爲一代楷模，由他擔任監察院長，自然是最適當的人選。現在右老已經仙逝，此時此地，要想找到學識、道德、事功、名望，能擔當，能維持現有功能如他的院長人選，眞是談何容易。所以陶委員愈哀右老之死，而生「更感無能爲力」之悲，致有「亟思引退」之意。

自右老逝世後，監院院長職位已虛懸數月，現已決定延期至八月底選舉。未來的繼任院長屬誰？我們不能預測。

國家設立監察制度，是求權力的制衡，意見的折衷，利益的調和，處事的敬愼。監察院長爲監院之長，除主掌院內的行政外，在執行職務時，有時爲折衷各方面的意見，調和各方面的利益，是需要與各方面有良好的關係，和擅於調協的能耐的。但是，在權力的制衡時，又須「擇善固執」，不輕易唯諾，不隨便遷就。如果單單選取擅於調協的人物，他必不重是非，只求協調；當協調的他協調，不當協調的他也協調。這是鄉愿作風，不足以成國家大事，反足以誤國家大事。

我國的監察院，相當於英美的上議院與參議院，按英美上院參院的作風，都比衆議院與下議院的作風溫和持重，但溫和持重決非一味求協調，而是使其所該是，非其所該非，也就是在應該協調時調協，在不應該調協時對立，完全以是與非爲轉移，以國家人民的利益爲前提，才能產生功能，促使政治進步。我們的監院也應該有這種作風，生這種功能。所以如果眞正希望監院以後的作風如分，功能宏大，則對繼任院長人選，除了考慮到他的資望，與各方面的關係，和擅不擅於協調的能耐外，還應該考慮他能不能「擇善固執」。唯有兼具協調之長與「擇善固執」的人物，唯有「外圓內方」型的人物，才是適當的院長人選。

在向「兩位忠堅的監委致意」那一篇社論裡，我們分析陶委員的人格，指出他兼具君子儒的「擇善固執」和基督的謙卑，這是一種「外圓內方」的性格，加上他的資望，可以說是監院院長相當適當的人選。如果監委們眞正以國家人民的利益爲前提，打算選出一個更有擔當、更有作爲的院長，使今後的監院充分發揮功能，則義理之所在，應該選舉陶委員來主掌監院。固然，我們也知道陶委員是堅決不參加競選的，但我們還是希望和支持他。如果不選他，也應該選舉能夠加强監院功能的院長，好爲國家人民多多造福。

最後，我們還要以道義勉勵陶委員，不管新院長是誰，不管新院長有不有擔當，他都應該回國繼續任職。卽算新院長缺少擔當，他也應該鼓起「知其不可爲而爲之」的道德勇氣，爲國家民族鞠躬盡瘁。我們知道，國家的進步，是在宗教、道德、學術、藝術、政治、教育等等方面，有賴許多「知其不可爲而爲之」的人，甚至不惜犧牲，自我去背十字架的人努力的。現在我們的國家亟需要這一類的人來效力，我們希望陶委員鼓起道德勇氣，不氣餒，不退避，繼續努力，不間不息。

浪淘沙

甲辰五月，百川親翁母安抵洛杉磯時長

男三女亦先後抵陶家共聚

聲遠雁行親，影繞星辰，伽磯榴月有餘春。漫道居處長作客，暫息勞薪。秉筆覺斯民，寶島詩臣，一簪華髮岸綸巾，自是江湖恩魏闕，猶勉兒孫。

敬呈

百川親翁教正

蘇旭昇未定稿

浪淘沙—敬呈百川親翁

陶百川抵臺論世局

張屏峯

監察委員陶百川偕夫人，昨日（七月十八日）上午九時乘「如雲輪」返國。監察院院長李嗣璁、監察委員吳大宇、酆景福，立法委員邵華、本報發行人余紀忠及監察院的職員等百餘人，曾到基隆碼頭去迎接。

在如雲輪的客廳中，陶委員與登輪歡迎他回國的人士，談笑風生，狀極愉快，他雖然經歷了二十八天的海上生活，但毫無倦容。

有人問及他在美國兩年的生活情形，陶委員以蘇東坡的一首七言詩作答。這首詩是：

著書多暇眞良計，從宦無功謾去鄉；
惟有王城最堪隱，萬人如海一身藏。

陶委員是五十三年五月應美國研究機構邀請，前往研究各國國會制度。陶委員說：他將在下月中旬的監察院院會中，就研究所得提出報告。

各作持久之計

陶委員昨日晚間在監察院的委員休息室接見本報記者說：就他在美國兩年來的觀察，當前的世局可以用四句話來形容：「外交陷於僵局，戰事趨於膠着，政治力求進步，經濟加速發展。」

陶委員解釋說，以外交情勢而論，美俄關係、美法關係、美匪關係、匪俄關係，以及國際裁軍會議，韓國與德國的統一，聯合國改造等問題，沒有一個較大的外交問題，不是陷於僵局，一籌莫展。

對國際政治素有研究的陶百川說，從前强權政治時代，外交之路走不通，就是打仗，以戰爭來解決外交問題；但現在因核子武器的殺傷力太大，大家都有戒心；因此，不僅大戰不易發生，連小型與中型的戰爭，雙方也都很審慎。

陶百川說：越南戰爭，近來雖很緊張，但雙方的基本戰略，仍是只想打到膠着狀態，而沒有求取全面勝利的打算。

基於這種情勢，所以陶百川認為當前的世界局勢，表面上雖很緊張，但不可能有很大的變化

﹀惟其如此，故各國都在作持久的打算，於是在政治上不能不力求進步，在經濟上不能不加速發展，以冀增強國力，造福人民。所以美國現在雖然是處於戰時，但在大砲之外，還要顧到牛油和麵包。他說他七年前曾經去過美國，但近年來美國在政治上的進步，經濟上的發展，較諸七年前所看到的，又是一番新的氣象。

反攻準備良好

陶百川說，我們自己的國家，在過去和現在，對於反攻大陸的準備工作，做得很多，而且也很好；但是鑒於這種世界局勢，我們還需要特別努力，方能克敵致勝。

如何努力呢？陶委員說：他在報紙上看到，總統對此有很重要的提示。總統說，要再求進步，刷新政風；要求新、求速、務實、務簡，並且要擴大宣傳和文化功能，以事實和眞相去澄清國際上的迷惘、幻想和曲解。

他說他以為我們要打開外交僵局，展開反攻行動，推動政治進步，加速經濟發展，必須切實做到　總統的提示。

陶百川說，監察院的工作假定能做得很好，可以減少進步和成功的障礙，使　總統的提示更易實現。

開刀不可姑息

談到這裏，記者插問了一句：如何才能把監察院的工作做得更好？

陶委員說，監察院好比是一個外科醫院，不是內科，外科醫院的主要任務是開刀，假如有些毛病經檢查出來，非開刀不可的時候，我們不要姑息。

陶百川認爲，最高境界的監察是民主的監察，而不是幾個監察委員的監察，所以新聞記者一定要參加監察工作。

「監察院的秘密會議越來越多，很多事情都不公開，新聞記者又如何能參加監察工作呢？」對於這個問題，陶委員說，他一向不贊成多開秘密會議。如果新聞記者對監察院的活動，不能作適當的報導，老百姓都成了聾子，監察院的工作是無法做好的。他說，在新聞自由方面，他向來不主張採取纏小脚主義，脚纏小了，想放大也辦不到了。

打銷辭意歸來

這位素以敢言著稱的監察委員表示，他對憲法上的監察權的功能，具有高度的信心。但成效與理想相去甚遠，于右老逝世後，更感到監察院的工作難做。因此，去年一度曾有辭去監察委員職務的打算。

是甚麼因素促使他打銷辭意，而毅然返回多難的祖國呢？

陶委員表示感情的因素，多過理智的因素。他說，新聞界朋友的鼓勵與監察院同仁的督促，使他不能不回來。

記者：「希望你回來的不僅是新聞界，還有很多的老百姓。」

陶委員說：「我是一個微不足道的人，不值得老百姓關心我回不回來的問題。」

記者：「我們知道的，很多老百姓都寫信向監察院及報社打聽你回來的消息。」

陶委員謙遜的笑了！但是從他的笑意中好像也流露出雙肩責任艱鉅的感受。

留學生願回國

記者又問到旅美中國人尤其是高級知識份子，對於國事的看法。陶百川說，他在美國期間，接觸的中國人很多，但人心之不同，猶如其面，各人都有很多的想法。不過，一般說來，大家好像都不十分關心國事。但是，大家都不贊成共產黨。

陶百川說，最近幾年來，留學生回到大陸上的，可以說絕無僅有，而回到自由中國的却很多。

陶委員說，就他的了解，很多留學生都願回來，不過他們祇希望做幾個月或一年的工作就返回美國。時間太長了，他們在美國的工作就受到影響，而且此地又沒有良好的研究環境，所以大家都有點顧慮。

更添幾許白髮

陶百川離國已兩年多，身體比過去更健康，不過，他的頭髮也更白了，這也許是他思考過多所致吧。

陶百川說：美國的生活程度很高，理一個髮要化美金二元五角，折合新臺幣百元，因此在美國期間，他的頭髮多由陶夫人代剪。他說，美國的很多太太，都要給先生理髮，不像我們這裏，大家都往理髮店跑。

照顧窮人的號角聲

一

今天我對內政的檢討意見是由國防部長蔣經國先生最近講了一句話所引發的。蔣部長不久以前在國軍文藝頒獎典禮上致詞，勉勵文藝作家要多為國家民族寫，要多為氣節正義寫，要多為貧苦民衆寫。這三句話中前兩句，大家聽得很多，都很了解，但我對第三句特別欣賞，因而頗有清新之感。

這句話為什麼特別值得我們重視？因為現在我們在推行中華文化復興運動，而中華文化最重要的精神是孔子禮運大同篇所指出的原則，其中之一就是要照顧窮人。所謂：「使老有所終，壯有所用，幼有所長，鰥寡孤獨廢疾者皆有所養，男有分，女有歸」，這些話完全是爲照顧窮人設想，因爲富人自己能照顧，不愁老無所終，……不愁女無所歸，祇有窮人有這些顧慮。這也就是孫中山先生所說的：「建設之首要在民生」。他所謂平均地權，就是不讓富人有太多的土地，所謂節制資本，就是不讓富人有太多的錢財，都是在照顧窮人。

這次我從美國回來，有一個團體邀我演講，我覺得「一部二十四史不知從何說起」，後來我自己定了這個題目：「我對美國最好的印象是什麼？最壞的印象是什麼？」我說最好的印象是牠熱心照顧窮人，向貧窮作戰。如羅斯福的新政，杜魯門的公政，甘迺迪的新境界，以及詹森的「大社會」，不僅是民主黨的傳統，也是整個美國的傳統。

美國所在建設的大社會，就是禮運大同篇的大同社會，而達到這個大社會的方法之一，就是掃除貧窮，照顧窮人。

我們現在也正注意窮人的生活，但是做得不够，我舉出眼前幾件小事來檢討一下。

二

第一、譬如衣食住行中的行，我們大門口那條四通八達的大道，十字路口沒有紅綠燈，只有一盞黃燈在閃啊閃的，有幾位委員要從馬路這邊走到那一邊，心臟衰弱一點的，眞有行不得也之苦，有時不得不雇一輛三輪車或計程車來擺渡。我覺得十字路口裝置紅綠燈，乃是最起碼的要求。

有些事情，換一環境，可以引起注意。例如我們的郵票上和信封上都沒有上膠。我們寄信時要找膠水或漿糊來封口和貼郵票。假使一萬個人寄一萬封信，要花一萬次手續和時間來找漿糊或膠水來封口和貼郵票，實在是一種浪費。假使郵政局事先用上膠的機器，祗須一舉手之勞，就可把整張郵票都上好膠，就可節省幾千人的麻煩，因此可以節省很多時間和精力。但是我們不顧到或竟想不到這些問題。

十字路口裝置紅綠燈便是照顧窮人，因爲如果由於不裝紅綠燈而多發生幾次車禍，被撞死的人，不會是富人，一定是窮人。

第二、我出去兩年回來，看到臺灣消費程度之高而快，眞是可怕。過去十五年，還趕不上這兩年的消費程度。但對窮人的照顧却不成比例。例如新式小轎車滿街都是，但是公共汽車却愈來愈擠。有一天下午六點半，我在中山北路等公共汽車，一直等了十二輛都擠不上去，花了半個多鐘頭。我想凡是坐公共汽車的人都有這種痛苦，但是富人却無此感覺。

食物的價格漲得特別厲害。譬如臺灣的糖價高得太不像話。美國的糖是從國外進口的，我們的糖是出口的，但是美國的糖價，比我們的糖價便宜得多。我回來一調查，我們出口的精煉過的白糖，在基隆或高雄碼頭交貨，每磅僅合臺幣五角六分，合美金一分零四厘。而我們內銷的糖，就是我們自己吃的糖，每磅要臺幣五元三角，幾乎十倍於外銷糖的價格。我們自己是一個產糖的國家，供應外國人吃的糖，每磅僅五角六分，而供我們自己消費的糖，每磅卻要五元三角，每到端午節、中秋節、年節，正當窮人也想吃點糖的時候，往往漲得特別凶。平時糖商把糖囤積，等到那些時候再待價而沽。臺糖公司藉口讓蔗農多賺一些錢，不出來平抑一下。其實蔗農的糖到了漲價的時候，已經在中間商人囤積的倉庫中了。

三

第三、我們再看現在臺灣的貧民窟，到處皆是。這種現象，如果不到外國去走走，也許會熟視無睹。但到外國去了回來以後，再看到本國的情形，實在太看不慣了。我們的貧民窟太多了，現在世界文明各國，政府第一樁工作，就是替老百姓造房子，以消除貧民窟。試想一個人每天二十四小時，大部份時間都在家裡，而且房屋的影響，不止在我們這一代，對我們兒孫的教育和健康都有關係。從前英國工黨政府有一雅號就是「造房屋政府」，因爲它的施政重點就是造房屋。一個國家是否文明，從貧民窟的多少可以看得出來。現在我們政府也知道爲了市容和交通，拆除貧民窟的違章建築，這當然是對的，但事先應使他們有適當安置。

第四、最近我看到報上一條新聞，說臺大醫院的血發生恐慌。二百五十西西血的代價是五百元，每西西僅值貳元，現在賣血的人減少了，所以血庫的血不够了。我注意這個問題，曾請秘書處去查問了一下。

一西西血兩塊臺幣這個價錢，還是十幾年以前臺灣開始有賣血制度時訂定的。十幾年來，物價漲了幾十倍，而窮人的血價，却分文未予調整。三年以前我曾問紅十字會爲什麼血價不調整。他們說，儘管祇有兩塊錢一西西，但賣血的人多到須排隊登記，還要說好話，講人情，才有出賣的機會。可憐他們有的還得受中間人的剝削。

別的地方不曉得，僅是臺北一個地方，在臺大醫院和紅十字會每個月有一千多人在賣血，而血的價錢，還是十幾年以前所訂的，這眞是人間的慘事。三年以前，我曾寫信呼籲內政部調整血價，沒有下文，後來我出國去了。現在報告各位，我們要替窮人呼籲，對這種慘事，不應該熟視無睹。

四

最近替吳鐵城先生逝世十三週年紀念寫了一篇紀念文，說到他痌瘝在抱，有人溺己溺之心。他擔任上海市長時，每逢發生工潮，工人要求提高待遇時，他有一個原則，常說：「我幫廠方是幫他發財，我幫工人，是幫他生存。你想想看，是幫發財重要呢？還是幫生存重要？」因此，每次工潮，他都要照顧工人。我把這一段故事寫在紀念文中，在新聞天地上發表。

我們經濟建設的方針，慢慢走回資本主義的道路，這個意思就是說：有資本的人可以儘量運用他的資本去發財，所繳所得稅又很少。老式的資本主義，對個人財產權認爲神聖不可侵犯，契約也絕對自由，用不到照顧窮人。但是這種資本主義現在已經落伍了，而我們還是慢慢的往舊式資本主義路上走。舊式資本主義的好處當然是發展經濟，但是壞處就是財富太集中，勞工或其他窮人受他的剝削。所以新式的資本主義，一方面要增加所得稅，由國家和政府來吸收他過多的財富，使他不能有太大的財富以操縱民生。美國一個鋼鐵廠董事長，一年有五十萬美金收入，而自己實得僅十四萬數千美元，其餘的都被徵爲所得稅了。我的兒子在美國年薪一萬元，但所得稅要徵去兩千六百元。這樣才能使資本主義的流弊，不致太猖獗。同時美國政府准許工人罷工，工人可用罷工來爭取自己的待遇。現在我們在資本方面則盡量讓它發展，但却沒有照資本主義國家的做法，增加所得稅率以平衡財富，不但不幫助工人爭取他應得的利益，有些人反而幫助資方彈壓勞工，這顯然違背我們三民主義的傳統，應該有所改正。

五

請讓我說遠一點。現在許多窮苦的百姓，除了衣、食、住、行外，當他們遭到不平等的待遇或是受到別人家的侵害，打起官司來，眞是所謂「衙門八字開，有理無錢莫進來」。這不是今天才開始的，老早就如此，不過現在似乎發展得太極端了。窮人和政府打官司或和富人打官司的時候，他有寃屈無處伸。我在美國曾經花一元五角美金，看了「秦香蓮」的電影，她在最後沒有路走的時候，長嘆：「人間那裡有青天！」後來包拯總算是「青天」，替她伸了寃，把兒子要回來，還把陳世美斬了。現在我要問：人間有沒有青天？我想青天還是有的，不過這個青天被雲霧遮住，只要撥開雲霧，我想還可以看見青天的。老百姓把我們看作青天，我們應該幫老百姓撥開雲霧，使他們能够看到青天。

我很愛白居易這四句詩：「我願君王心，化作光明燭，不照綺羅筵，但照逃亡屋。」我們要「多爲窮苦人民寫」，要多多照顧窮人。

深刻的印象

一

我與吳鐵城先生共事的時間雖不算最久，可是次數却最多。先在上海警備司令部，他做司令，我做他的軍法處處長。同時在上海市政府，他以市長兼任識字教育委員會主任委員，我做他的總幹事。

抗戰期間，他奉派以「特使」駐香港擔任國民外交工作，我也在香港辦國民日報（它是現在的香港時報的前身），奉命歸他指導。

後來他回重慶擔任中央黨部的秘書長，邀我擔任中央黨務委員會的「駐會委員」。那時做駐會委員的祇有張國燾先生和我二人，但因張先生不常在會辦公，所以我的工作特忙，向鐵城先生請教的機會也特多。

我與鐵城先生既有這樣多的緣會，所以相知很深。今天執筆來寫這篇紀念文，不知有多少話想寫，可寫，應寫。但因很忙，祇得略寫一點，容待他日慢慢補充。

二

鐵城先生是一個「性情中人」，至性至情，而不帶一絲虛僞。他雖「炙手可熱」，但是可愛可敬，而不覺得什麼可怕。他是冬天的太陽，而不是夏季的猛日。和他相處，如坐春風，如飲醇醴。

鐵城先生「痌瘝在抱」，憂人之憂。有人請他幫助，凡是力所能及，從來不輕推辭。他想到不識字的痛苦，在上海市長任內，發了一個大願，要潘公展先生（時任教育局局長）和我幫他掃除全市的文盲。遇到勞資糾紛，他總是儘量支持勞方　他對我講過一套理論：「支持資方，是幫他發財，支持勞方，是幫他生存。勞方的生存，重於資方的發財。」

三

他邀我做軍法處長的時候，我不禁聯想到往日軍閥的大刀隊和「軍法從事」。因而很感躊躇。他勸慰我說：「公門之中好修行。我們如以生道殺人，則法網雖密，軍法雖苛，我們還是能夠平反寃獄，保全許多生命。」

那時軍法管轄的範圍較廣於現在。而且在軍人積威之下，如果想管，軍法處可以管得很多。但是鐵城先生是以「文官掛武帥」，氣質究竟不同於「大塊吃肉，大碗喝酒」的軍閥，所以不獨講理性，而且也重法治。記得我上任第一案，是偵緝隊送來一名賭犯，說他有「擾亂治安之虞」。我簽請移送地方法院偵辦，參謀長主張軍法從事，以資嚇阻。我堅持不可。鐵城先生支持我的原則，不准法外攬權。

鐵城先生自謙祗是一個通才，不是什麼專家。他很尊重專家和專家的意見。在我任職兩年之中，他從不干涉我的審判。那時軍法處管轄的案件，包括政治犯、盜匪、走私犯、紅丸嗎啡犯和陸海空軍刑事犯。很多人向他說案，他總是說：「陶處長的座右銘是：『速辦速結，毋枉毋縱』。他決不會寃枉人，但也不肯包庇。你有話向陶處長去說好了。」

四

最使我欽佩和懷念的，是他在中央黨部秘書長任內的作風。他認爲黨部應該辦好黨務，而不必多管政事。他說：黨部的任務是宣傳主義和政策，吸收優良和積極份子做黨員，把黨員訓練成人民的模範和前鋒，做好與人民的公共關係，辦好各種選舉，如此而已。至於政事，應該多讓黨的政治幹部去負責，他們懂得較多，而且責無旁貸。

吳秘書長也不多管黨部的瑣務，而惟用力在做好公共關係。所以他無客不見，無會不到。「座上客常滿」，「門庭如市」，好一片熱烘烘的氣象！

他特別重視與知識份子的聯絡。他的前任葉楚傖先生最富有書生型的氣質，吳先生與葉先生的教育背景和作風雖不盡同，可是二人都很懂得秘書長的任務是爲黨和領袖交朋友，而不是樹敵人，是化敵爲友，而不是睚眦必報，是要導戾氣爲祥和，而不是以頑強爲忠貞。所以他們二人對黨都有很好的服務和貢獻。

五

人之云亡，邦國殄瘁，因爲哲人其萎，泰山其頹。鐵城先生你死得太早了！

五五、一〇、二〇、臺北

起碼的政治革新

時與潮報導

去國二年，於月前歸國的監察委員陶百川，希望目前隸屬於行政院的地方法院和高等法院應該改隸司法院，庶幾法官可以獨立審判，不受行政機關和兼做律師的立委的干擾。

同時，他希望法官對於貪污案件要根據貪污治罪條例，對情節重大者，判處死刑，以爲貪墨舞弊者戒。陶百川認爲姑息足以養奸，像對盜豆案的處刑，就嫌太輕。

關於公務員懲戒委員會，陶百川頗感失望。他說，過去的不談，這次兩個彈劾案，聽說一時還不能進行懲戒。上級人員的干擾，是最大的癥結。

談到五大疑案中的「日片案」時，他認爲政府爲防患於未然，最好改行統購競銷辦法，以代替現行的配額方式。

說到呆帳案時，他認爲這是一個非常値得重視的案子，而且就案情而言，也比東亞貸款案要大得多。陶委員告訴記者，二年前，他尙未出國時，曾與另一位監察委員曹啓文奉派調查這個案子，在他去國以後，這個案子改由財政委員會和經濟委員會全體委員分八組繼續調查。希望這個國人非常關心的大案子，早日査個水落石出。

陶百川談到監察院在本月份將擧行年度巡察，普遍巡視中央及地方機關，十一月份並將擧行年度總檢討會。陶委員希望監察院能利用這段時間，認眞切實檢討，如何加强監察職權，以及改進監察院的作風，以配合 蔣總統進一步刷新政風的指示。

關於立法院方面，陶百川認爲最使人困擾的問題，莫過於立委之做律師和會計師。少數立法委員兼任了律師、會計師，難免會利用本身的身份和權力，做出一些違法圖利的勾當，有些弊病便由此而生。但是國家又不能禁止立委兼做律師、會計師，陶委員希望能參考外國法律，凡兼做律師、會計師的立委，必須避免與政府機關「打交道」，例如，擔任政府機關和公營機構的顧問，卽使是臨時性的顧問工作，也應避免。他們當然可以充任一般商民的法律顧問或會計顧問，但與政府有利害關係的案件，一律應該迴避。

陶百川對於政府的行政部門，寄以很大的希望，但也感到相當失望。他說像五大案中的「盜豆案」，其情節之曲折離奇超過了「今古奇觀」和「官場現形記」。對於黃豆的被盜，主管機關早就應該發現，早就應該追贓追保了。

又如呆帳、和大秦、東亞等案，根本就不應該發生。上級機關早就應該自我檢討和糾正。然而在今天，必須要等到鬧得滿城風雨，上級機關方才開始注意，未免有愧職守。陶百川認爲要刷新政風，行政機關首先要更求健全。

美國參議院的自清運動

憲法研究會和憲政論壇社聯合憲政座談會紀錄

一

時　間：民國五十五年八月廿三日

地　點：西寧南路一一二號

出席人：陶百川　黃恒浩　姬鎮魁　劉德成　李士賢　郭　垣　趙炳坤　楊君勱　李桂庭
陳鑑波　葉祖灝　王泰興　劉宜廷　水祥雲　李蔭國　高長柱　田桂林　劉振鎧

張錦富　彭慶修　崔震權

主　席：趙炳坤

主講人：陶百川

紀　錄：劉昭晴

主　席：各位先生：今天憲政論壇社與憲法研究會，會同舉行憲政座談，特請陶百川先生主講，我們不限題目，就憲政有關問題自由發言。大家都知道，陶先生是衆所推崇的一位監察委員，亦是一位名政論家，去美國考察兩年多，最近才由國外回來，相信必有很多的珍貴見聞和很多的寶貴高論，來爲我們指教。

陶先生對憲政論壇，向極愛護與支持，並時賜宏文，以增光彩，雖在出國期間，也不斷寫文章，在本刊發表，以饗讀者，今天我們應向陶先生表示感謝！今後仍希陶先生，一本過去熱忱，多多指教。

今天參加座談的，除憲法研究會常務幹事外，並邀請爲本刊寫稿的各位先生，擬請陶先生先行指教，再請各位先生發表高論。

今天座談的時間，預定自九點到十二點，並準備兩桌酒席，表示歡迎陶先生，酬謝各位寫稿先生，敬請賞光勿却爲幸。

二

陶委員講演：趙社長、田代表數日前約我參加今日的座談會，我非常願意接受。因我與貴刊頗有淵源，過去不只數次參加貴社舉行的座談會，而且也是一個長期讀者。尤其有這個機會可與各位見面，更覺可貴。日昨收到通知，囑談談有關憲政問題，我遵命先作一點報告。除此之外，各位如有詢問，我也願儘量答覆。

先談談「美國參議員的自清運動」這個案子，牽涉到參議員陶德。陶德是很有名的參議員，資歷很深，而且是詹森總統的好友。他與我國也有很深的友誼關係，因爲他是百萬人委員會最重要的負責人之一。他並堅決反共。現在由參議院紀律委員會（由共和黨和民主黨各三人所組成），調查陶德涉嫌違紀案件。

目前有兩件事牽涉到陶德：㈠陶德爲外國遊說團體作「公共關係」，代爲解除困難。據說有些有利於西德的評論，他在參議院提議列入國會紀錄。並說他受到西德遊說人克來恩的金錢和禮物。㈡因競選而收受的捐款，如用之於競選方面，可以免所得稅。但據說他有一部份移作私人用途，而不繳所得稅。

這事所以發生，是因美國一位專欄作家皮爾遜和他的助手安德生，自今年春天起，有三十餘篇專欄攻擊陶德，上面所提兩點，都是他們專欄所揭發的。原來陶德有一位秘書（美國參議員可用二十多個助手，由國家供給費用）把陶德檔案數千件偷出，有的拍照，有的抄寫，交與皮爾遜。到今年五月間，陶德不能再忍受了，採取三項行動：㈠請求稅捐稽征處調查他有無漏稅；㈡自動要求參議院予以調查；㈢向法院控告，要皮爾遜賠償三百元。稅捐稽征處至今尚未採取行動。法院要在二、三年後方能開始審理。但參議院紀律委員會已採取行動，先調查他與西德遊說團的關係。陶德那位秘書已到院作證，克來恩也被詢問。據一般人士觀察，參議院對此不會加以制裁，因他僅接受克來恩二次捐款共一千元。

至捐款使用問題，美國人民對競選捐款的數目不僅限制其最高額，而且收入和支出都要有詳細賬目，報告選舉事務所，後者須保管十五個月，並准人查閱。目前使陶德最感困擾的致命傷，乃是三百三十餘元由華盛頓至洛杉磯的來回飛機票，因他兩面出賬。他應洛杉磯青年商會的邀請去演講，由該商會擔負飛機票，但陶德是參議院問題少年小組召集人，又以這票根作公款支出，這樣就浮報了三百三十餘元，被參議院查出來。

三

美國議員所以比較兢兢業業和奉公守法，並不因為他們都是天生的聖人，而是因為受着人民和與論的監察，例如皮爾遜和安德生的對付陶德。而美國所以能有皮爾遜和安德生，乃是因為法律對言論新聞自由予以充分保障。美國最高法院判例規定：公務員擔任公職，所言所行影響人民和國家很大，應該容忍人民的批評，後者可以不構成譭謗罪。最近一位警察局長控告紐約時報譭謗，即因這個理由而敗訴。還有一位原子學家包齡控告國家週刊誹謗，他雖不是公職人員，但法院以其就公衆問題寫文章，已涉及公衆利害，如果因而受到批評，便不能控人譭謗。陶德既是為國家服務的人，人民當然可對他批評。況且批評還有相當證據。這是美國保障新聞自由的可貴之處。我們的法律則不如此開明，因之新聞記者對公衆事務就不敢多所批評了。

還有一點，這次參議院調查陶德案是陶德自己請求的，因為他還要參加下屆的競選。他們為了自己的前途，對一切不名譽之事，也會自我謹慎。

四

而且美國的官員和議員所以不易做壞事，是因為有反對黨在監視。同黨的人也許官官相護，但反對黨則眈眈虎視，不肯放過。因而執政黨和黨員，便不能不小心翼翼，謹慎從事。美國衆議員任期二年，最近詹森總統主張延長為四年，但遭人反對。參議員任期雖為六年，但每二年要改選三分之一，這樣就有三分之一的新陳代謝。於是黨部都要推出好的黨員去競選，並得整頓內部，免給反對黨有藉口。這是政治的防腐劑。我們今天的自淸，因有若干條件的限制，不易做得澈底。

五

陳鑑波先生問：不知一般美國人對我們看法如何？我國旅美人士很多，他們對臺灣之期望又是什麼？請陶先生予以指教。

陶委員答：美國在二年前，中共試驗核子爆炸時，又恰逢蘇俄赫魯雪夫下台，他們對中共有一矛盾心理，既怕中共而又重視。怕是怕中共有原子武器，但旣有了，便不能不重視它。至於赫的下台，證明中共與蘇共確有矛盾。美國切盼中共與蘇共裂痕加大，因之對匪有時表示好感。但是去年二、三月間越戰日趨激烈，共匪的猙獰面目日益露出來。首先反對和談的，不是北越或蘇俄，而是中共。而南北越共黨所用的武器又多由中共供給。所以美國對中共在怕和重視的心情外，又加上恨的成分。以毛匪侵略野心之大，對美仇恨之深，一旦美國不能忍受，兩國將來可能打起來。那時美國如不用臺灣做號召，不用臺灣作主力，怎能打敗共匪，即使獲得勝利，但絕不能成功。美國有這認識，所以對臺灣格外重視。又自美援停止後，臺灣的經濟成長，並未衰退，人民的生活程度也未降低，因而爲美國人所津津樂道。至於今年三月間姑息氣氛的高張，乃是由於美國知道毛酋病況很重，對於繼承毛匪的人有一幻想，故又向匪表示溫和姿態，企圖加以勾引。現在證明毛酋仍然存在，而且不會倒台，他們的幻想已落空了，所以姑息言論也平息了。

六

李桂庭先生問：詹森就任總統時，其國情咨文中曾說到要向貧窮進攻，現在到了什麼程度？美國窮人比例數字佔全國人口若干？美國教授倡導圍堵而不孤立政策，但不知青年學生之思想又如何？美國黑人繁殖很多，他們種族觀念很深，是否黑人有取代白人地位之可能？請陶先生予以解答。

陶委員答：美國「貧窮」的定義，是指一人每年收入不足三千元者。而普通人的收入，每人每年約在六千元左右。詹森的計劃是要救濟這些三千元以下收入的人，有人估計約佔十分之一，約二千萬人。至於黑人共有二千萬人，每月收入不足三千元者當然很多，而全國失業者尚有四百萬人。所以貧窮問題很可重視。詹森大社會計劃，與我們禮運大同篇的理想已很接近。例如窮人住房子也有津貼，老年人的醫藥也由政府負擔。

關於青年思想問題：如加州大學（其名聲已與哈佛大學並駕齊驅）時鬧風潮，但主要理由是反對當兵，不願作戰。美國是募兵制與徵兵制並行，如募足兵額便不再徵兵。由於士兵待遇高，故平時很多人願意當兵。自越戰發生，每月征兵五萬人，加以戰爭結束無期，所以反戰心理很強。又加原規定共黨組織須至政府登記，現在最高法院以其侵犯人民自由，決定不必登記，於是可以公開徵求黨員，所以共黨逐漸猖獗，民衆運動中難免有共黨參加。所幸作用不大。

黑人在美國遭受之歧視有時大於黃種人。例如，我國移民美國者年僅一〇五人，但詹森反對歧視黃種人，所以這個限額已經取消。現在詹森在竭力取消對黑人的不平等待遇。過去有些黑人無選擧權，現已不然。有些地方黑人的確多於白人，例如首都華盛頓的黑人與白人成六與四之比。以後黑人勢力還會增加，但因知識較差，所以實力不大。

七

葉祖灝先生：美國之民主制度，有兩點可供我們取法。個人在美國時，曾參觀他們的國會，他們不論通過一個什麼案子，始終不脫離羣衆，在一個議案通過前，議員先要寫信問問選民之意見，如不問時，也有選民給議員寫信告訴他是支持或反對。所以他們在表決時，常說我是代表若干人民的。現在我們之民意代表，則祇以個人之意見爲意見，並不徵求人民意見。其次是研究與趣，每一議員對一重大問題，多從事研究，倘自已不知道，便去請敎專家，他們確能脚踏實地的針對實際問題來研究。反觀我們之立法院，對於一個法案，多是由政府做好，只提出討論通過而已。以上兩點是我們民意代表所缺之的。

再者自由中國月前有一千餘位的教授簽名，對美國「圍堵而不孤立政策」發表意見，且對費正清之流，加以駁斥。不知美國人對此事之反應如何。其自命為中國問題東方問題或漢學專家之意見，均很膚淺，不知陶先生有何高見？美國詹森總統提倡大社會主義，主張對黑人生育子女要加以補助，是否與國家政策有矛盾？因黑人繁殖率很强，如再獎勵，豈不人口更多？美國種族歧視，南方各州極為强烈。

陶委員答：我國一千多位教授所發表的公開信，已列入美國國會紀錄自是很好。可惜執筆的人沒有看了費正清等的原文就下筆，未免有如「隔靴搔癢」。（下略）

八

李蔭國先生：我們認為外交方面，以及在國外宣傳價值上，確有欠斟酌之處，尚不止這次駁斥費正清之謬論一事，這也不是我們學者學識不够，而是對一問題之來龍去脈尙未弄淸，以致忽略了宣傳的價值。所謂專家者，常出於太專，則發生流弊。

美國國會議員對自己聲譽之維護，與我們正復相同，他們可以自清，我們也應當自淸。我們身為中央民意代表之一，在這空前局面中，每一人也絕不願如此。每一人之行為，多以羣衆之意向去做。不論立監委員、國大代表，各有其責任。目前社會風氣之壞，卽以五大案爲例，內中竟有民意代表揷入，社會人士都喊「特權」，究竟特權從何而來。所謂「特權」者，在人民心目中，則成了民意代表說項之「權」。個人在國大聯誼會中，也曾提過自律案，卽先律己而後律人，我們要給好人開一條路，維護好人。不想若干人竟以爲貪汚者是能幹者，則社會上便無正氣可言。現在讀書人和文化界人都有責任，應集中力量，剷除這些害羣之馬，以確保民族正氣！

郭垣先生：（輔仁大學教授）在國人深深注意五大疑案，民意代表牽連在內，風風雨雨的傳說中，憲政論壇社和憲法硏究會來擧行座談會，並歡迎陶百川先生由美返國。凡是關心民主政治前途的人士，心情都感到很沉重。我相信：陶先生恰當此時返國，看看人家，反觀自己，心情也一定會很沉重的。在民主政治制度中，推動國家政治的是國會，國會的主要構成份子是國會議員。有了健全的國會議員，纔能有健全的國會；有了健全的國會，纔能有健全的政府。如果國會議員本身貪汚腐化，怎樣能矯正政府中的貪汚腐化官吏？如此，政府何能廉能？假如兩股腐化力量滙集在一起，那政治將糟糕到何種程度？現在五大疑案，牽涉到民意代表，我們深深感到這個問題的嚴重性。就因爲政治推動力量本身的民意代表，先有了問題，甚至演成政府官吏和民意代表的相互勾結，狼狽爲奸，那國家和人民將如何得了。

中國監察制度是中國政治史上值得驕傲的一個制度。滿淸的御史乘破車在九城巡察，雖然皇親國戚王子王孫，聽見御史破車的車鈴響聲，也心驚膽怕。有爲的監察御史也能不避權貴，善盡臺諫之責。現在我們國家有兩大敵人：外有萬惡滔天的共產黨，內有貪污腐化的官僚（也應當包括民意代表），兩者都構成對國家民族的危害。陶委員高風亮節，有爲有守，國人素所欽佩。今後我們希望陶委員更進一步地運用神聖的監察權，整飭肅清那些國民公敵的貪污腐化份子，爲國家民族多存一線的生機。我們並請陶委員向貴院監委同仁轉達小民的意見：凡是能够完全代表民意的監委，國民絕對擁護讚揚；祗圖個人利益的監委，定遭人民的唾棄。

擁有特權，應當妥善運用纔對；有特權而不濫用，才可以保有特權。這就是古人所謂「持盈保泰」。五大疑案鬧得烏煙瘴氣，社會對民意代表不無責難。國會議員不乏明智之士，假如監委、立委和國大代表中，能有若干人有個結合，它的任務是：自律他清，如此對於當前不良的政風，也許會發生一些防腐的作用，否則，任由壞人橫行，將來怎樣得了。過去我們大陸搞不好，還有臺灣可退；假如臺灣再搞不好，我們還向那裏退呢？希望各民意代表先生們正視現實，共挽危局。

聯合報對臺灣社會的責任

一

聯合報十五週年紀念特刊向我徵文的題目是「報紙對現代社會的責任」。這個題目因有幾段外國文章可譯，寫起來原較容易。現在經我改爲這個題目，雖似難寫，但可寫得具體一些，對讀者或較有裨益。

現代社會對報紙的需求，與報紙的關係，尤其是聯合報對臺灣社會的責任，可就下列各點加以說明：

第一、臺灣的經濟雖在起飛，但飛得不高，不遠，而且祇限於輕工業和農產品加工，與一般先進國家的現代化程度相差尚遠。

如何促進臺灣經濟的現代化，報紙負有很大的責任。因爲現代化就是科學化，而科學和技術知識的提倡和灌輸，有賴於報紙的鼓吹和報導者也很多。

莫說現代化是天經地義，可是人類的觀念常與現代化衝突。英國有一「海外奇談」，說明現代化過程中可能遭遇的阻力。相傳火車發明之後，英國國會舉行一場辯論，很多議員反對火車，其中一人慷慨陳辭，指出牛在跨過火車軌道時有被火車撞死的危險，他說：「你能保證牛不被撞死麼？」

這個故事，現在已被認爲是笑話，然那時却爲反對者所津津樂道。我國清末也有反對鐵路的風潮，卽在今天的臺灣也仍有許多爲牛而反對火車的類似故事。如何振聾發聵，去蔽解惑，報紙負着很大的使命。

此外，經濟發展有賴於產品的推銷和推廣，而其手段和媒介之一，就是報紙的廣告，如果報紙的銷數不多，廣告的效力就很有限。國際貿易的發展，更有賴於國外市場消息的靈通。英美各國的通訊社經常供給商業消息，可惜臺灣報紙因爲篇幅所限，不能盡量刊載。至於外國工商管理的進步情形，產品改良和發明的突飛猛晉，也因臺灣報導太少，國人所知不多，再加其他原因，經濟發展自必阻滯和落後。

二

第二、不僅在經濟領域內，就連政治、教育和社會等任何一方面，臺灣都需要一個進步運動。蔣總統最近曾作提綱式的指示，要嚴院長所領導的新政府「進一步刷新政風」。稍久以前，他更要求政府各部門都要「求新、求速、務實、務簡」。換言之，一切都要力求進步。

這使我想起了美國六七十年前的進步運動和掃糞工作。從一九〇一年開始，由美國新聞界（特別是幾個雜誌）帶頭，國內掀起了改革的浪潮。

在政治方面，美國進步派人士主張直接民權（直接選舉、罷免、創制、複決），以補救代議制度。他們更致力於市政的革新，特別是反對政客和大亨們把持並腐化市政。

在經濟方面，進步派人士主張改良的資本主義，在保存個人自由和財產權的條件下，容忍政府的干涉。他們也反對社會主義者的土地革命，而主張以單一稅制，征收不勞而獲的地價稅。孫中山先生平均地權的早期理論卽由此而來。

在社會方面，進步派人士竭力爭取勞工的保護，貧民的福利，兒童的樂育。他們在這方面的成績最爲顯著。

上述進步或改革運動的倡導和推動，新聞記者出力特多。「美國歷史」作者卡曼指出：「若干通俗雜誌和日報的存在，使革新人士獲得達到廣大民衆的有效機構。還有若干能幹的作家乘機把進步派反對現狀的言論廣爲宣傳。這些被（百註：美國前總統提阿多羅斯福）稱爲『掃糞工作者』集中才智，盡量揭發美國政治和經濟生活上的惡習」。這些掃糞工作者，不是別人，就是新聞記者。

不要讓美國新聞記者專美於前，臺灣的報紙也當參加　蔣總統所關切的「刷新」運動。

三

第三、新聞事業不當以報導消息和發表評論認爲已盡它對社會的責任，它對社會尙須有更多的服務。

一位著名的報人雷斯指出社會有權要求報紙另做三事：

一、報紙須做所在城鎮的監護人；

二、報紙須盡責保護社會道德；

三、報紙須爲讀者的利益而奮鬪。

報紙服務社會的義務，最好以美國十大報紙之一的聖路易郵報創辦人普立玆的臨別贈言，也就是刊在該報社論版的那個報銘來說明。他說：「我深信我退休之後，報社基本原則將無改變：

仍將爲進步和改革而奮鬪，永不原恕邪惡和腐敗；經常向各黨派的煽動份子作戰，永不隸屬於任何黨派；經常反對特殊階級和社會公敵，對窮苦人民永不缺乏同情；經常提倡社會福利，永不以單純刊佈新聞爲滿足；維持絕對的獨立；無論貧富，向惡勢力進攻，絕不畏縮。」（借用馮志翔先生譯文）。這些原則，就是美國普立玆新聞獎金的審核標準，對新聞事業具有很大的啓示性和鼓勵力。

美國的一般報紙經常在做社會服務工作。對於重大的問題，它們集中篇幅，並展開爲一種持續的運動。例如紐約時報的攻擊紐約一個政治邪惡勢力 Tweed Ring，聖路易郵報的揭發監獄和牛乳業的黑暗和弊病，北卡州兩家週刊的反對三K黨，麥克魯雜誌的連載「城市的恥辱」，柯里爾雜誌的發表「廣告和成藥業不忠實的研究」，宇宙雜誌的刊載「參議院叛逆」……這些掃糞文字，眞是更僕難數。

但是服務社會當然不能僅限於掃糞，各國的報紙也常在社論中提出許多積極的建議，尤其是關於報紙所在地市政的改良和社會的進步。

至於今天臺灣的報紙，更須負起反共的政治使命。對這一點，大家做得都很好。但是我們政治和社會的革新和進步，乃是反共的資本，臺灣報紙做得似乎還不够。

四

第四、且不說一般經濟事業，其實作爲進步樞紐的新聞事業，它本身的發育也不健全。下列癥結，影響最大：

一、經濟的發展，社會的進步，因素雖然很多，但最重要的一種推動力量，一般人都承認是競爭，公平的競爭。可是我國迄今尚不准辦新報。這個限制（且不說它是禁令）就有類於上述爲牛而反對火車的愚蠢。姑不說外國如何，這種阻礙進步的不合理的措施，卽使我國北洋政府時代也沒有，對日抗戰時期也沒有，我想不出今日這樣堅持不放鬆的理由究竟何在。

二、現有幾家報紙，出紙只准兩張，「逢年過節」方許增張。這更是臺灣所獨有的措施，而也是北洋時代和抗戰時期所沒有的。這個類似「牛和火車」的「德政」，相沿頗久，但那時臺灣經濟還在地上蠕動，尙有可原，現在是什麼時代！一般經濟已從爬行而走路，由走路而起飛，但政府却不許報紙走前一步。難怪許多好消息只得割愛，當然更不必去發掘新聞，以增廣讀者的見聞；許多好文章只得婉謝，所以天下多專欄作家，而我獨無；許多廣告只得緩登，以致在他國是報社有求於廣告客戶，而在臺灣則廣告客戶有時却須「拜托」報社；許多學新聞的青年只得望報興嘆，走投無路，而同一政府却年年要求新聞學校或新聞系增班添人，大量製造失業者；許多紙廠只得減產，甚至倒閉，而政府卻不肯開報紙之網，解紙廠之厄。

臺灣的新聞事業如果因落後而有負於讀者，如果對社會的現代化沒有克盡厥職，以上兩項便是最大的癥結。而這兩項責任卻由政府很勇敢的任怨任咎的負起來了！但是何苦來呢！

五

十五年來，聯合報處理新聞和發表意見，竭力想做到亦剛亦健而不憂不懼，惟信惟實而不偏不黨，這就是紐約時報的報銘 Without Fear of Favor。所以它的銷路能夠不斷推廣，它的聲譽能夠繼續增高。但是權利與義務成正比例，榮譽與責任也成正比例，聯合報對讀者的義務也因而加大，對社會的責任也因而加重。

孔子說：「吾十有五而志於學」。我們希望聯合報今後增加篇幅，充實內容，向現代各國的報紙看齊，並取法它們的服務精神和做法，倡導和鼓勵政治和社會的改革和進步，以舒民困，以利國家。

從英國設置監察使說起

一

本年八月五日的紐約時報，登載一段倫敦消息，說英國國會已經建立一個新制度，叫做 Ombudsman ，並請審計長康浦坦先生爲第一任的 Ombudsman ，年薪二萬四千五百美元。他可組織一個小規模的辦事處，每年經常費是五十六萬美元，這個 Ombudsman 的任務，就是替受官員寃氣的小百姓打抱不平。

按 Ombudsman 可譯爲「監察使」，起源不在英國，而在瑞典。瑞典一百五十年前的國會就有這個監察使。第一次世界大戰後，芬蘭的國會纔起仿行，第二次世界大戰後，丹麥和紐西蘭也相繼採用。現在德國也在考慮這個制度。最近美國聯邦國會和一部份州議會，都在討論是否可以設置這樣的機構。紐約市的納薩區則已採行這個制度。洛杉磯市在去年發生大暴動，死了三十多人，現在洛杉磯市民也覺得應該有這樣的監察制度，平時可以探求民隱，平反民寃，疏導民情，以免再發生因積怨而成的大暴動。

二

看這個制度的權力、地位及其運用的方法，很像我國二千多年前的御史制度。御史是皇帝派的，監察使則是國會派的。中國御史制度，現在已由監察院繼承。正因爲歐洲的監察使制度與中國的監察制度，在精神上有很多相同之處，故其方法和效果也許可供我們參考，因此我想加以分析。

依照瑞典的法律，這個監察使，是由國會議員選舉出來的，每屆改選一次，連選可以連任。瑞典國會特設一個委員會，受理監察使的報告。

瑞典監察使可能是國會議員，但在歷史上都不是國會議員擔任，而且差不多都是讀法律出身，多數做過法官。瑞典和丹麥的監察使行使職權都相當獨立，除彈劾一定要報請國會辦理外，他可行使相當於我國的糾正權和糾舉權。

三

現在我有兩種資料可以說明他的權力範圍和執行結果：第一種資料是瑞典監察使一九六〇年受理案件的統計，他一共受理一千二百二十五件，其中有九百八十三件是人民書狀，十五件是監察使得自報載的消息，二百十一件是監察使視察時所發現的案子，十六件是關於他本身的組織。

其次，在這些案件中，二百十件關於法官，一百二十三件關於檢察官，一百九十件關於警察，四十件關於行政官，一百十一件關於典獄人員，九十一件關於精神病院（設備不完善或虐待病人），廿七件關於醫院，三十五件關於稅收機關，七十八件關於地方市（或縣）政府，八件關於公營事業，二十件關於學校，二十四件關於烈酒，二十九件關於兒童福利，三十件關於政府的建築和土地測量，一百十八件關於私人企業（註：這一些案件不在他監察範圍內，所以並未調查）。

這些案件辦理的結果：八件送法院控訴違法或失職的官員，二件送請有關官員的長官加以行政處分，二百十七件加以譴責（小案是去函有所指摘，較大的並將全文登載於年度報告中呈報國會）。又其中六百六十九件曾加調查，二百六十三件認爲不必考慮而存查。

四

再看丹麥，自一九五六年設置監察使以來，已達十年。其中最近四年共計受理四千四百三十一件。但調查後，予以譴責或送法院控訴或交其長官處分的，祇有二百零四件。其中調查案佔百分之五十六，後來平均祇有百分之二十一，最少一年祇佔百分之七。

有一點必須加以說明：瑞典的監察使，原來的任務是監察法官、檢察官、監獄和警察。後來，因爲市政發達，工商繁榮，他的注意力乃逐漸轉向工商企業方面的行政事務，但丹麥的監察使則不能監察法院。瑞典的監察使對法官可以批評或糾舉，但不得變更法院的判決；他祇能就判決內容指出正確或不正確，違法或不違法，送請上級法院自行核辦。

五

最後，我想談談這個制度的由來：第一是爲老百姓抱不平。老百姓難免受法官、檢察官、監獄人員、警察和各色各類行政官吏的欺負，或不公平待遇或不重視他的權利或推拖敷衍，甚至有違法失職情事。在民主國家，平反的機會不在國會，而在法院；但是法院的程序太繁，非請律師不可，而且積年累月，拖得很久，不知平反何日。所以老百姓就找自己的國會議員請求幫忙。但因國會議員爲立法案已經忙得不能應付，沒有時間來受理這些控訴案。而且處理這些控訴案，一定要閱卷，但議員無權調卷，必須由國會通過決議，成立一個調查小組，才有權調卷或請當事人到國會去詢問，當然很感不便。於是一百五十年前瑞典乃設置這個監察使，以受理人民的投書。他可以調閱案卷或傳詢證人，從而敉平老百姓的怨氣或憤怒。所以有人說國會很像一個鍋爐的安全瓣，用以出氣。鍋爐的氣有出路，就不致爆破那個鍋爐。

監察使的功能是貫徹法令和促進行政效率。原來對於國家法令的執行，一定要恰到好處，不宜太過，也不宜不及，自更不許違法或枉法。監察使是「守夜狗」，他的職責之一，就是監察法令的執行。這與我們監察委員相同。但英美等國祇有 Ombudsman，而不知有中國的監察制度，可謂「明足以察秋毫而不見輿薪」！

六

上月底美國故參議員塔虎脫的兒子小塔虎脫來到臺灣，美國大使馬康衞先生請他吃飯，請我作陪。在見面介紹時，大使對他說明監察委員的身份和工作。小塔虎脫乃說：「你是一個 Ombudsman。」我當時既佩服，又失望。前者是因他居然曉得這個新名詞，後者是因他竟不知中國的御史制度或監察制度。這是因爲我們的宣傳工作做得不够。所以最近我把從前在美國大學的講演稿，以「中國的 Ombudsman 和監察制度」爲題，投送美國一個法學雜誌，不久就可發表，以期對中國監察制度的宣揚稍盡一點責任。

略論監察院院長標準

在美國致監察院同人書之一

右老之逝，中外同悼，在百且有「大廈將傾」之感。日來同人有以競選院長問題垂詢鄙見者。百對名位向甚恬淡，自來美國，更感消沉。昔白樂天詩云：「天平山上白雲泉，雲自無心水自閒。何必奔衝山下去，再添波浪向人間！」百雖不能如白雲之無心，然頗似泉水之悠閒。做一委員，尚感歉仄，遑論院長！遑談競選！但百對此大事之本身，則不無所見，敬陳如左，藉供參考：

以于院長德望之隆，故對繼任者之考慮，亦當以德望爲先。必須其人爲民衆所信仰，爲輿論所支持，爲官吏所誠服，方能樹監察之權威，促院務之革新。

其次則爲意旨或精神。必須求其「富貴不能淫，貧賤不能移，威武不能屈。」此在常人自頗困難，但監察院長既係非常之任，自當爲非常之人，故此要求並非高調。

最後則爲體力。百嘗謂：「監察委員之工作，可以多做，可以少做，可以不做」，此蓋因委員甚多，我不做，自有人做。但院長則對內綜理院務，對外代表本院，工作繁重，非可臥治。而以今後國事之日益艱難，尤須有健全之體力與心力，方能多方肆應，勝任愉快。但此與年齡並無絕對關係，如百者，年雖初過六十，然身心已屆八十矣。

此外，百以爲本院應在新院長產生前確定院長副院長之任期爲二年或三年，但得連選連任。此項任期制度可以解決許多困難。但李副院長之任期應自新制確立時算起，不溯既往，固不待言。

預計此信到日，諸先生方在殫精竭慮，檢討院務。百未能躬與其役，殊感歉悵，惟有努力完成各國國會監察制度之研究，俾能有益於五權憲法之宏揚，藉補曠闕。

民意代表還不自愛自救！

張力行報導

記者撰述這個專欄，到今天已整整十一篇。對於「國會問題」的各方面，已有相當詳盡的分析。寫完這篇，即告一結束。

今天，記者訪談的對象是監察委員陶百川先生。陶先生指出民意機關要健全必須具備三個條件：一是定期改選，二是老百姓不斷督促，三是建立反對黨制度。

一

陶委員認為，任何生物都應有新陳代謝，才能推陳出新；就民意機關而論，促進新陳代謝主要是定期改選。如美國的衆議院，規定每兩年改選一次，最近詹森總統主張延長為四年，但各方反應不佳。至於參議院，其任期是六年，但每兩年必須改選其中三分之一，所以每兩年既有三分之一的新份子參加，自然推陳出新，達到了新陳代謝的作用。

據陶委員說，國會因常常改選，議員平時就不得不兢兢業業，善盡責任；且非如此不能贏得選民擁戴，否則改選時將被淘汰，而事實上，因競爭很激烈，行爲不軌品行不端的國會議員，勢難獲得連任。他認爲，假如我們的國會現在能够改選，那麼立監委及國代的素質與風氣，一定比目前要好得多。

陶氏指出，今春國民大會所通過的修正臨時條款規定辦理增補選中央民意代表案，希望不要再拖延，應該早日擬訂辦法來實施。他並認爲，當時國大通過修正案時，可惜未能在臨時條款中明文規定臺灣地區及海外僑選地區的立監委及國代名額，可比照憲法規定擴增一倍。例如憲法第廿六條規定每縣市及其同等區域各選出國大代表一人，改爲增選至二人，其中人口逾五十萬人者，該條規定每增加五十萬人增選代表一人，即應改爲增選代表二人。立監委名額亦然，均比照規定增加一倍之數，如此在維持國家法統狀態中，定能增加新的力量，這是在無法全部改選的今天，一個「兩全其美」的作法。不過，他覺得今天再來談這個問題，已經太遲了。

二

關於老百姓——即選民的督促，他認爲盟邦美國，是很好的模範，値得借鏡。據陶委員說，美國國會議員，凡遇重大案件發生，經常總是徵求選民的意見，而選民也常寫信給議員加以慰勉及不時加以督責，隨時提供意見。在重要關頭，一個議員在一天之中竟有收到一萬封以上的來信，來信愈多，表示他的責任愈大。

陶委員說，惟獨有一點是我們無法做到的，這就是美國國會參議院每一議員，至少有兩個事務所，一在聯邦政府所在地的華盛頓，一在自己的選區。兩個事務所平均維持廿多名職員，爲該議員處理事務，而這筆龐大薪津開銷，係由政府負擔。關於這一點，我們無法辦到。

不過，陶委員認爲，在我們中國，不僅民意代表一旦當選後與選民脫節，而且選民再也不管當選人，後者形成「斷線風箏」，不能眞正代表民意，而眞正民意也找不到代表去反應。因此，陶氏希望今後我國的代議機關，如要健全，須賴選民多多督促。

三

談到建立「反對黨」制度的問題，依陶委員的看法，因有健全的反對黨，在競選時各政黨不能不提出它最好的人選出來，否則很容易被有組織的對方所擊敗。平時因有反對黨「虎視耽耽」，時時想取而代之，執政黨那有不戰戰兢兢的道理？所以也就不敢爲非作歹，必須格外奮勉。而且一旦如有少數不良份子爲非作歹，同黨人士極可能「官官相護」，但反對黨一定利用機會加以反擊，以期取而代之，於是，執政黨不敢甚至不能「腐化」。

陶委員說，反對黨制度是政治上的防腐劑，無此制度，即無眞正民主，共產極權國家可爲明證，他們雖也有憲法與國會，但是沒有民主，因爲不容許反對黨的存在。

「中國在法制上有反對黨，事實上也有反對黨」，據陶委員說，「但可惜我國的反對黨不够強大，因此不能起應有的作用。」

他說，因此有些防腐工作，不得不由執政黨的民意代表自己來做，這雖違反憲政常規，而且這些執政黨的民意代表在責難自己的執政同志時，也必定深感痛苦，但確爲事實所必需。

至於這次所發生的五大疑案中，有些民意代表牽涉在內，陶委員認爲「自屬不幸」。他說，幸而，與論界並沒有「以偏概全」，所以民意機關的基礎並未因此動搖。

陶委員說，以我國而論，情形比較特殊，以上所說三點意見，那是健全民意機關的必備條件，不過我們却一條也沒有具備。如果民意代表本身不知自愛自救，則民意代表墮落的時候，不獨民意機關將一蹶不振，國家和人民也將遭受很大的災害！

四

記者執筆至此，對於陶委員以及前述各學者專家所談種種情形，不禁擲筆三歎！但願從今天起，我們的國會漸漸健全起來，我們的民意代表都能「自愛」、「自救」，並進而拯救我們的國家。

院務檢討第一聲

監察院院務檢討意見之一

本席離國兩年，雖然身在國外，但對於本院院務一直都很關切，今天要說的話很多，不過時間關係，我不想佔據各位很多時間，僅先提出三點來供各位參考：

第一、我想各位委員都已看到昨天徵信新聞報登出的一段消息，它是根據本院工作報告所說的：本院過去一年中有十六個案子應該早就提出調查報告而沒有提出來。它還列舉各案的案由，負責調查委員的姓名和某案甚麼時候派查，到現在已超過多少時候。其中有一個案子已拖了好幾年。我覺得這個問題，在年度檢討會的時候應該予以注意。

我不曉得牽涉在這十六個案子裡面的委員，爲什麼沒有提出報告。我想一定有原因，不過沒有報告院裏。我覺得院在編報告時，應該把所以不能提出調查報告的原因，在書面報告中加以說明，使同人可以了解。

我現在想建議一個辦法：由院務小組決議；限定在今年十二月底以前提出調查報告，假使再不提出來，院長應該把沒有提出報告的案子提交一月份的院會加以檢討。

第二、我聯想到本院委員，尤其這幾位沒有如期提出調查報告的委員，是不是曾向有關機關把有關的卷宗調來，而到現在沒有還給有關機關。假使有，不曉得在時間上是不是也擱置了那麼久：一年，或者甚至於超過一年。希望我們同人大家能够自己檢查一下。

對此我也提出建議，這一種卷也要在今年十二月底以前，無論案子結與不結，都要還給有關機關。假使調查委員還要繼續看，寧可明年一月再去調。因爲卷在此地擺下來，或者封起來，有關機關應該做的事，就不能做了。發還他，讓他把公事處理後，你再去調，庶幾兩方面的便利都顧到了。絕不許超過一年而還繼續擺在此地，甚至有關機關來催還亦置之不理。我以爲院長應該負起責任，交秘書處查一下，凡是調卷超過相當時候的，應該通知他還給有關機關。如再繼續擱下去，院長應該提報一月份院會，聽候同人的檢討。

剛才所講的問題固很重大，但是還有一個更重大的案子，値得提出來大家檢討。就是最近本院發生三位委員被逮捕的事。這個案子很嚴重，假定我們不加以檢討，而僅檢討雞毛蒜皮的事情，那就搔不着癢處。

但我們檢討這件事，重點不要放在三位委員是否寃枉，是否應該判罪或不應該判罪，是否應該逮捕或不應該逮捕。因爲這件案子還在偵查期間，將來總會水落石出。假使他們是寃枉的，他們可以依據寃獄賠償法要求國家賠償，可以要求國家洗刷他們的名譽。假使不寃枉，法律之前人人平等，他們當然難逃罪刑。所以這不是我們所應檢討的。不過從這個案子發生以後，院的名譽，遭受到重大的損失，本院同人的工作精神，恐怕也受到嚴重的打擊。院的名譽遭受損失，我們應該如何補救？同人工作精神遭受打擊，我們應該如何恢復？我覺得在年度檢討會時很有檢討的必要。

旅美觀感

林偉一報導

一

留美期間，我最欣賞的一件事是美國社會及政府對窮人的照顧。美國的所謂窮人，並不是「屋漏偏逢連夜雨」的窮人，也不是無家可歸，饑寒交迫，露宿街頭的窮人。美國所謂窮人是指：家裏祇有收音機而沒有電視機者，或有收音機、電視機而缺少電冰箱、自用汽車的人。這種窮人在一億九千餘萬人口的美國約有二千萬人，其中黑人約佔百分之六十，白人佔百分之四十。他們每個家庭的每年平均收入祇有美金三千元。他們有些人是失業者，靠領政府救濟金過活，有些人幹着較低微的工作。

美國政府對這些窮人一向很注意，不斷地在照顧他們，提高他們的生活水準去。過三十一年，美國有三位總統對於掃除貧窮、救濟失業、繁榮社會、提高人民生活水準等目標，都各有其間新耳目的計劃。羅斯福總統有「新政」(New Deal)，杜魯門總統繼行「公政」(Fair Deal)，甘廼廸總統提出「新境界」(New Frontier)。

羅斯福當政時代正在一九三二年美國有史以來的最大經濟不景氣之後，又經過第二次世界大戰，情況嚴重之至。當時全國生產貿易總收入驟降，全國銀行有五千多家破產倒閉，大小工商業，泰半破產。全國三千八百萬工人中有一千五百萬人失業，倖免於失業的工人也難維持其起碼的生活。同時大小農場紛紛停工，農村經濟亦澈底破產。各地人民因破產、失業、饑餓所迫而自殺者比比皆是。在紐約等大都市的旅社中，遇有客人指定租住高樓房間時，旅社人員常要關心着問一聲：「先生，你開房間是過夜呢？還是要跳樓呢？」美國經濟已面臨總崩潰。

二

在全美人岌岌可危之際，羅斯福在參衆兩院全力支持下，毅然採用英國經濟學者凱因斯(J.M. Keynes)的理論，推行新政，使用政府投資的方式，使倒閉的銀行工廠農場復業；利用政府權力，調整勞資關係；與辦大規模水利路礦等工程，吸收勞工，減少失業；撥款統一籌辦農貸，提高穀價，恢復農力。在羅斯福大力興革之下，卒使美國渡過其歷史上空前危機，趨於繁榮。

至於杜魯門的「公政」，主要在力求平實，做到均富。甘迺廸的「新境界」頗有一新美國社會之雄風，不幸被刺身死而未能一一實現，然其理想及價值，却留給美國人民一種力量和啓示。詹森總統又提出了「偉大社會」(Great Society) 的號召，其理想是：輔導就業，掃除貧窮，人民免費接受教育，城市鄉村化，鄉村城市化，從各方面各角落去與貧窮挑戰，去防止「醜惡的美國」。

今日美國的「偉大社會」藍圖中正在重新興建城市，拆除陳舊房屋，也不再有貧民區；增加大量交通系統，在都市週圍環以公園，清潔空氣。在教育方面，增加聯邦經費以扶助各州各級學校；老師們將接受更好的訓練及更多的待遇；貧窮子弟可以免費就讀大學及專科學校；年老的人都有足够的退休金及養老金，都能獲得醫院的照顧。

今日美國社會在迅速不斷繁榮中，貧窮大量減少，人民生活水準不斷提高，已經達到偉大社會的某一程度了。美國各行業工人，其每年薪金收入在一萬元美金以上者大有人在。窮人救濟金的發放，各州不同，大約每人每星期可領到三十至五十元美金，美國退休制度執行得很嚴格，六十五歲的老人都要退休，領養老金生活，使年輕人有「接棒」的機會。如果一個在政府中工作，年有六千元美金收入的公務員在退休後，一個月約可領到三百元退休養老金。現在美國國民平均每人每年的國民所得約二千二百七十元，而我們自由中國每人每年的國民所得約一百五十元，相差達十五倍之巨。

三

美國現在實行三民主義比我們還徹底。美國現在已經做到了國父孫中山先生所講的，在全民政治之下，用直接稅來節制資本。由於累進稅率很高，使過去托辣斯的弊病不復發生。美國聯邦政府每年的總預算，有百分之八十五是由大企業、大公司累進所得稅而來的，而自由中國中央政府的預算不到百分之二十從所得稅而來。所以，美國政府有足够的資金可以爲窮人、工人、兒童、老人、失業者謀福利，爲全體人民建立福利康樂的幸福國家。美國現在眞正做到了中國孔子在二千五百年前在禮記禮運大同篇所說的「大道之行也，天下爲公。選賢與能，講信修睦。故人不獨親其親，不獨子其子，使老有所終，壯有所用，幼有所長，矜寡孤獨廢疾者皆有所養。男有分，女有歸。貨惡其棄於地也，不必藏於己；力惡其不出於身也，不必爲己。」的大同之境了。

四

現在來談談我在美國時最不欣賞的事，這就是美國有些知識份子對中共的姑息氣氛太濃厚。國人大多以爲哈佛大學的費正清和哥倫比亞大學的巴奈特以及參議院外交委員會主席傅爾布萊特等人是主張對匪妥協最熱烈的人。其實我倒認爲名政論家李普曼（Walter Lippman）長期地對匪姑息，不斷地爲其進言，是最值得我們寒心的。

李普曼以爲：美國以前對蘇俄圍堵之成功，乃由於當時西歐民主國家有一個北大西洋公約組織之故。現在美國在亞洲要圍堵中共是不可能的，更遑論孤立牠了。因爲日本、印度、緬甸、阿富汗、巴基斯坦不會參加圍堵工作，北越、北韓、柬埔寨等還帮忙中共，而自由中國、泰國、越南、韓國、菲律賓等國家的軍力只能自保。現在東南亞公約的力量太微小了，不足以圍堵中共，所以一遇到中共窮兵黷武的向外侵略時，只有依賴美國派兵援助了。

五

美國的對匪政策，李普曼不主張孤立和圍堵，如果逼不得已要圍堵牠，祇能在「不刺激的圍堵」下進行，慢慢的讓牠知難就範，醒悟過來。因此李普曼曾在分析中共內部不安急圖向外擴張時，結論說道：倘然這樣分析是正確的話，我們拉攏北平或威脅北平都是沒有用的。拉攏不會使牠脫離牠的陣線，威脅將使牠更加兇暴。最正確的方法是圍堵牠，不使擴張，但避免刺激牠。也許還要等好幾年，使北平覺悟有改取另一種國際關係的可能。

李普曼「不刺激的圍堵中共」的主張，有下列幾點說法：①中共羽毛漸豐，美國不能望其崩潰。②中共對外的侵略好戰，一則是由於毛酋的頑固思想，二則由於美國拚命的圍堵。一旦共酋新陳代謝或美國放鬆壓力，中共對美態度可望趨於合作。③美國如繼續堅持孤立中共的政策，繼續拒之於國際社會之外，俾足將共「逼上梁山」，鋌而走險。④匪俄關係惡化，彼此均樂見對方與美國發生鷸蚌之爭，兩敗俱傷，而自己可以坐大。⑤美國「以天下為己任」的環球政略思想今已不能適用。美國應該「各人自掃門前雪，不管他家瓦上霜」了。

其他如芝加哥大學教授摩根索，甘迺廸總統兄弟羅勃甘迺廸和愛德華甘迺廸主張對匪妥協的理論，也都是基於美國怕戰的心理在作祟。

六

以前，毛澤東將近半年未露面，這批姑息主義者以為毛酋死亡了，大陸第二代一開始，或將減輕仇美心理，因此紛紛主張對匪妥協，開放禁運，文化交換，考慮其進入聯合國，甚至予以外交承認，這是姑息份子最囂張之時。後來毛酋出現了，大陸掀起「文化大革命」的整肅浪潮，現在又製造所謂紅衞兵大吵大鬧，變本加厲的仇美反美，使這些姑息份子大大失望，姑息氣氛也大大減少了。

不管美國對我們反攻大陸支持不支持，我們都要打回去的。反攻最好的方法是由臺灣本身的強大，在大陸上建立基地，加强政治號召，爭取民心向我，進而使匪軍倒戈投誠，造成毛朝的全面崩潰，不動干戈而收回大陸。不然，等到世界大戰爆發，中華民族又得遭受空前戰爭之痛。

百按：本文是我在臺北市博物館的一次演講紀錄，執筆者是林倖一先生，他記得比我講得更好。

審計制度改進芻議

一

昨天審計長的報告，說到臺北市政府辦理砂石案子有種種違法情形。審計長覺得那個案子全部的過程和單據，多半是假的，但是審計部未能參加監標，因爲審計部沒有那麼多的人力和財力。所以審計長建議，最好在行政方面另外訂一個嚴密的辦法，使地方政府的財務案子，不會發生像過去那樣多的毛病。假使行政方面認爲制度和辦法都辦不通，那末就請把錢和人加在審計部，由審計部照審計法去監督。

這些話雖然已經說得很多，我以爲現在應該重新再由本院和審計部加以注意。同時前天中央日報有一篇社論，說臺北市公共汽車加價的案子不能再拖延了。那個社論說明地方審計制度的迫切需要。它說：「公車處的浪費情形，至爲嚴重。器材的採購，公車的保養都有問題。此外由於公車處經常替市政府承擔一部份的報銷，則市政府自難嚴格履行其監督公車處的責任。」

社論又說：「對於公車處經費的支用，顯然也應該有一個切合實際需要的監督制度。今天的中央機關，省級機關及國營省營事業，無不受着嚴格的審計制度之監督，可是在縣市政府及其附屬單位，同樣嚴格的審計制度，竟付闕如。讓公車處的經費支用，有一個認眞負責的監督制度，應該是改造公車營運的根本之圖。」

由於中央日報社論所說和汪審計長的報告，我覺得我們應該重新注意縣市財政的審計問題。

二

建立地方審計制度的案子，十幾年以前，監察院已經送法案到立法院請求完成立法程序，立法院也開過若干次審查會議，現在已束之高閣，最近期間不可能有適當辦法訂出來。尤其我們執政黨黨部，也不支持監察院這種建立地方審計制度的立法，因此立法院更懶得對這個嚴重問題採取什麼決定性的辦法了。

我認爲縣市財政一定要有一個財務監督的制度。能由審計部辦，當然很好，假使不讓審計部辦，也應該讓縣市議會派審計。總不能既不讓審計部辦，也不讓縣市議會辦。任何國家的審計制度只有兩種：一種由中央貫澈到地方，一種由地方議會擔任。現在我們的地方審計弄成三不管，這種不負責任的做法，實在應該加以譴責。

我現在想到一個過渡辦法。我們能否遷就一點，先以臺北市政府作一實驗。由審計部在明年的預算裡給審計處增加十個職員的經費，在臺北市設一個實驗審計室。現在省的審計處，也還沒有獨立的預算，它的預算仍包括在審計部的預算中。所以我想也用這個方法，在審計部裡多列一筆經費，撥給審計處，辦埋臺北市的審計。一方面試驗試驗，一方面也可把全省收支最多的臺北市政府，以及各方面指責最多的臺北市經費開支情形，有一個適當的監督。假定大家研究的結果認爲可以這樣做，我們院與部可以分頭向行政院和立法院疏通，希望明年能够辦到。

三

其次，審計長昨天說到稽察問題，說：因爲規格發生問題，有好幾個案子，拖延不能解決。他建議能否設立一個技術委員會，幫審計部作技術上的顧問。因爲審計部沒有那樣多的人才，而僅交行政首長來決定，又怕發生流弊。我覺得這個制度可以研究。將來我們院務小組在處理這一點時，可以建議院會推幾個人，與審計部和行政院切實商量一下。我想不一定要完成立法程序。

假使監察院和審計部接受技術委員會的意見，其他機關不會反對。

復次，審計長好像要修改稽察程序條例，使窒碍難行的地方，根據我們的困難與經驗來加以修正。這一點當然也可以研究。將來是否由院與部推幾個人研究一下。不過照我的經驗，我可以說，凡是關於審計法修改的案子，我都代表本院與其他同仁到立法院去作說明，可說是無役不與，我發現立法院的反應好像很保守。所以審計長這個意見，事實上不能實現。因此我覺得審計部還要在不修改稽察程序條例與審計法的前提下，自己想辦法做通這個任務。

四

我要提出另外一個問題，就是處分國家財物的稽察問題。把國家財物賣出去，在法律上叫做「變賣」。我將對變賣國家財物的稽察程序要提出檢討意見，現在先順便報告最近出席立法院審查會議討論那個案子的情形。

據審計長昨天的報告，在購置定製國家財物時，發生許多窒碍難行之處，變賣國家財物時發生更大的困難。變賣國家財物，照現在的審計法和稽察程序條例，一定要招標，如依法不能招標，方可比價。招標是三家以上開價，比價是兩家開價。另一種方式，就是議價，議價就是政府單位與對方兩個人之間的討價還價。買進東西，招標比價或議價都可以，但要符合法定的條件。而賣出國家的財物，照我的了解，祗有招標和比價，而不許議價。但是現在審計部發現不議價旣有許多窒礙難行的地方，因此它定了兩種方法：一種是修改法律，向監察院提了一案，要修改稽察程序條例，使變賣財物也可以議價。監察院接受它的意見，三年前，把案子送到立法院。

立法院開過一次審查會議，把監察院送去的條文修改，把第三款删去了。第三款是說，如果照第一款第二款都做不通時，還可以用第三款。第一款說，賣出國家財物一定要登報招標，登了兩次，只有一家來參加投標，那就可以議價。這一點立法院審查會議同意了。第二款規定：公營事業機關間互相買進賣出財物，可以議價。這一點立法院審查小組也同意了。第三款，立法院審查小組不同意，而審計部相當堅持，那就是出賣國家財物而有困難情形不能招標和比價時，經行政院核准和審計部同意，也可議價。這一款被立法院審議小組删掉了。它認爲方便之門開得太大了。

立法院保持了兩款，送到院會，另有幾位委員說是僅僅兩款不够；以土地來說，有些國家的土地和房子，現在的使用人應該有優先權，就和他們議價好了，如果招標，現在的使用人也許得不到標。也有些國有的山林或漁塭，已經過人民改良，如果現用人得不到購買的機會是不公道的。所以他們提了修正案，凡是土地經現在使用人加過工，變賣時可以議價。立法院院會就把這個提案連同整個條文發回委員會重新審議。上次委員會審議這個案子時，本院三位委員和審計長都去了，但是審查會沒有結論。這一點可以看出立法院不像監察院和審計部想把議價的門開得太大，所以審計部要以議價來解決變賣財物，仍有困難。

五

現在審計部在事實上就許多變賣財物的案子准許議價。（後來審計長報告：係根據監察院同意的修正審計法施行細則第四十一條辦理。那條規定准許議價。百補註）我很不贊成這個做法。我了解審計部的困難。因爲政府要賣出一筆財物，招標沒有人來投標，比價沒有人來出價，那祇有議價了。不議價，這筆財物就賣不出去，國家收入因此減少，問題不得解決，多少人要怪審計部。現在審計部網開一面，祇要行政院准許議價，多少案子就這樣解決了。但是法律上站不住。審計部明明曉得法律沒有給它這個准許議價的權，所以向院會提出建議，要修改稽察程序條例，我們送請立法院審議，立法院尚沒有完成立法程序，審計部就無權准人議價。

我以前不注意這個問題，最近因爲巡察外交部，發現駐韓國的梁大使出賣韓國使館的土地一千坪，以某一價錢成交，當時就是議價（今天是公開會議，對此不便多說）。先由行政院送請審計部徵求同意。審計部經過審計會議討論後，准予議價，並且派了一位審計人員就地議價。關於議價的情形，從記錄上看來，祇有幾句話，就是審計人員問買受人：價錢能不能再高一點？那個買受人說：那個價錢已經最高了。梁大使就說：他們商談得很久，價錢不能再高了。於是就照價決定，審計人員也祇好同意了。但是事後很多人紛紛來院告狀，甚至大使舘因此被搗毀。

不久以前，我寫信給一位在韓國的教授，請他向韓國人打聽那筆土地的價格，他來信說，去年出賣時已經比我們出賣的價格高出一倍，意思就是說，假使售價是一千二百元一坪，去年已是二千五百多元了，今年因爲那個地方新開馬路，價格更高出三倍，到三千八百元了。我又問他：這兩年的韓幣有沒有大的波動，他說，並無波動。我想假使當時招標了，就不會形成現在的八點錯誤，而政府的收入也可以大大的增加。

我建議審計部今後不可再用議價去變賣財物。在法律沒有授權以前，寧可讓那些要變賣的財物因不能招標而呆住，但不可大開方便之門，使商人和不肖官吏可以勾結舞弊。（後來監察院決定：在立法院未修正審計法律前，變賣國家財物，暫時不准議價。百補註。）

外交行政的病源和處方

五十五年度外交巡察報告之一

外交巡察是蕭委員和我擔任的，昨天蕭委員才推我報告，事前彼此沒有商量，如有錯誤應由我任咎。

理想的外交巡察報告應分爲兩部份：外交政策報告和外交行政報告。這次巡察重在外交行政，但是大家所關心的外交政策，例如中美關係問題，美國對我反攻大陸的態度如何；又如中蘇關係問題，我們過去是反共抗俄，現在有人主張反共除暴，不提蘇聯；又如關於聯合國中國代表權問題，我們有什麼新的見解，在技術上有什麼新的辦法；又如英法這些國家都很重要，但與我沒有邦交，應用什麼方法去做國民外交。諸如此類的外交問題，也許較外交行政更需要我們的智慧與時間來研究，在巡察時曾分別提出並交換意見。但我今天因準備時間不充分，尤其監察院提出意見，可能有相當影響，更需要有較多時間去考慮，因此想留待政治檢討時再來報告。

我們巡察時，曾與外交部人員舉行十次以上座談會，每司都有一次座談會，人事會計部門也不例外。每次會談是半天時間，各司在一天前提出書面報告，在座談時又加口頭補充說明，然後由我們提出問題來共同研究。因此得到的資料非常豐富。與魏部長交換意見是在第一天。後來魏部長派前任大使陳岱礎陪同，把重要問題記下來轉報魏部長，後者在最後一天座談時提出來發表意見。在各司座談會中提出的十多個問題，有關於政策性的，也有關於人事的，各司不能答覆，都經他答覆。但今天因爲時間匆促，又是公開會議，不能暢所欲言。

此外，我到外交部閱卷三次，是關於梁大使出售在韓大使舘土地處理問題的資料。我在另一場合曾提出報告；梁大使有八點違失之處，今天我祇以……八個字來加以概括，詳細情形我將以密件向監察院提出報告。

一

現在我就外交行政提出幾點綜合的意見：

一是重形式而忽略效果。舉例來說，現在我國駐外機構共有八十六個單位。在聯合國一百二十二個會員國中，我國設有大使館五十八個，公使館一個，形式上可說已燦然大備。但是活動和辦事效果並不很理想。有若干大使根本是外行，不但沒有經驗，連外國語言也講不通，有的更是年齡老大，據所得統計資料來看，有十四個大使已超過六十五歲，已屆强迫退休年齡。這些老兵也許經驗豐富，人事熟悉，但辦承平時代的外交或能勝任，現辦戰時外交，年輕人更有活力和衝勁。

又去年政府派往國外參加國際會議八十四次，換言之，有八十四個代表團出席各種國際會議，民間也派有八十八個代表團出席各種國際會議。每一代表團以五人計，有八九百人到國外開會，與國際人士交往，蒐集資料，成績應甚可觀。但也是祗重形式，不重效果。因爲派出去的代表，好多不像能勝任。

因爲我有代表團出席，中共就不去參加了，這個效果是有的，但我們問過外交部，這些代表團在出國之前，外交部有何指示，他們回國後有何報告，據稱多半沒有，這就不對了。記得七年前，美國國務院邀我前去訪問，國務院所派陪我到各地訪問的人，每天都向國務院上報告。又我到西岸結束訪問，回國較近，但美國國務院仍請我回到華府，由國務院派人與我談了一個下午，問我關於訪問的觀感和改進的意見。他們眞是鄭重其事。但是我們派出去的代表團，外交部不管，他人更不管。形式主義本來就是如此。

又聞政府很快要在中東的黎巴嫩設一個商務參事，由經濟部派人。我當時要求報告黎巴嫩的人口物產和過去一年和我們的國際貿易數字，但不得要領，我不曉得經濟部怎麼心血來潮，要設這個商務參事，大約又是形式主義在作怪。

要講求效果，第一要人才，關於人才問題，剛才已經說過；第二是金錢，但是我們的外交經費實在少得可憐。要辦好外交，一個總領事邀一個客人請吃一頓便飯，這是最起碼的應酬，但是駐西雅圖的總領事館，總領事每月可以請客的錢只有美金九元二角；又美國第二大城芝加哥，祗有美金十七元五角的應酬經費。可是總領事有汽車、有官舍，都由政府給錢，另外還有五六個館員，政府所費也不少，但就是沒有應酬和活動的經費。

三

二是重關係而忽略人才。很多大使是根據人事關係出去的。派出去參加國際會議的代表，更要靠關係。難怪我們的外交辦不好。譬如梁序昭大使，僅爲賣一千坪土地，我一查就有八項違法失職。我們怎好再不注重人才主義！

此外，公使、總領事和參事的任用，現在法律規定也太呆板。因爲一定要在外交部內或部外擔任簡任外交官三年以上，方可受任。這個關門主義，把用人的門堵得太死了。

三是重情面而忽略是非，這與關係主義也有牽連。例如不久以前，有駐比文化參事郭有守的投匪，這次我們在外交部發現在五年以前，國民黨駐法總支部已有報告送到中央黨部第三組，檢舉郭有通匪嫌疑，第三組將該報告轉知外交部，經外交部調查以後，也覺得有問題，但是郭有守是文化參事，是教育部派的，外交部就行文知照教育部，但教育部沒有採取行動。如果郭有守不是被外國政府發現其從事共匪活動，而下令驅逐，他也許還在做我們的官！

又如現在駐紐約總領事游建文，過去的才能也不錯，但他在四年以前開車撞傷了腦子，早已不能勝任，可是他居然又繼續做了四年總領事。最近外交部把他調回來，直到現在爲止，還沒有免他的職，只是派一個人臨時代理，他仍遙領紐約總領事的職務，支領紐約總領事的薪金。紐約是何等重要的地方，提倡「團結而不孤立」的巴奈特就在紐約哥倫比亞大學任教，費正清任教的哈佛大學，離開紐約只有幾十分鐘的飛機航程，我們既知姑息主義之爲害，爲什麼不早早不快快派個有學識有聲望有辦法的人去做紐約總領事─去對姑息主義者想點辦法！這就是情面主義在作祟。

三

第四、我們的駐外使節從事外交活動的對象，偏重官廳而忽略國民。這所謂國民，包括駐在國的人民和華僑。在民主國家，人民的意見和輿論對外交政策的影響很大，可是我們的活動祗限於對方的官廳而不及於人民。我們的藉口是人手太少；可是我們在美國有一千幾百位教授，七、八千留學生，分佈在美國各地，假使能取得他們的信仰和合作，加以領導運用，其才固不可勝用。但是我們的使領館人員對此都不關心。

我們的外交戰，很像戲臺上的武打戲，一個白臉對一個紅臉單槍匹馬大戰三百回合。但是現在單槍匹馬的作戰方法是沒有用了，現在要講總體戰，要發動國民兵，不獨對駐在國政府要採取外交攻勢，而且對駐在國的國民也要採取外交攻勢。

現在我提出一個口號，叫做「國民中心主義」。以後我們辦外交，要利用我們的國民發動國民外交，以爭取對方的國民。

四

第五、這些單槍匹馬的外交人員即使很努力，也出去演講，但多半是八股，因爲忽略研究，所以沒有新材料和新觀念。這種八股式的演講，對方聽了十七、八年，不再要聽了。他們不肯研究，甚至根本不想研究，所以只有八股。這種八股無論是演講也好，去同別人談話也好，都不會產生效果。

在我回國前幾天，我曾問周大使，我說：「我要回國了，你有什麼意見，我想你一定有困難，是否和我談一下，我也許可以做點推動的工作。」他說最困難是缺少人才。我說：「你沒有想辦法。假定你在華盛頓找五位顧問，只要給一點交通費，就是其才不可勝用也。」

他又說：「大使舘裡沒有人做研究。無論是外交或宣傳，基礎都是研究。」

周大使又說：「姑息主義者的反調是花樣百出，而我們從事研究對策的人則太少了。」周大使很努力，但我看「祇有招架之功，並無還刀之力」。

我們不要小看人家，例如提出「圍堵而不使孤立」的巴奈特，生於中國，能讀中國書，說中國話，寫中國文，前年爲寫一本書，特地到香港去住了一年，蒐集資料，他是哥倫比亞大學的教授和東亞研究所的負責人。我們的大使或總領事和他們去談，即使僅談中國問題，也要好好研究和準備。因爲他們是專心在研究這個問題，而我們的研究只是附帶的工作。巴奈特以不孤立來否定圍堵，多麼厲害！自然是他辛苦研究出來的。因此我提出一個口號，叫做學術先聲主義。不僅因爲「學問爲濟世之本」，而且可以學術來先聲奪人，等他們佩服你，自會來請教你。因爲他們需要許多新材料和新觀念，所以樂於和我們交換意見。但如我們僅知八股，沒有新知識，他們自不會重視我們了。現在國際情勢的確有利於我們，但我們要打好外交戰，先要把我們作戰人員的思想武裝起來，而入手方法就是研究。政府要獎勵研究，使它蔚爲風氣。

五

總之，現在外交行政上的毛病和補救辦法大約如左：

第一是重形式而忽略效果，所以要提倡效果主義；
第二是重關係而忽略人才，所以要提倡人才主義；
第三是重情面而忽略是非，所以要提倡是是非非主義；
第四是重官廳而忽略國民，所以要提倡國民中心主義；
第五是重八股而忽略研究，所以要提倡學術先聲主義。

此外，外交部也有很多長處，例如魏部長的老練和穩健，大部份職員的敬業和水準，都值得稱道，但不在本院職責範圍之內，恕不贅述。

附錄一 直言談外交

聯合報

監察委員陶百川日前在監察院總檢討會中報告外交巡察工作時，對於外交行政有很嚴厲的批評。他說，現行外交行政有五個大缺點：即重形式而忽略效果，重關係而忽略人才，重情面而忽略是非，重官情而忽略國民，重八股而忽略研究。

讀陶委員對外交行政的批評，我們覺得很是難過，因爲，平心而論，在當前客觀情況下，外交工作實在不易做好，而近年來却也做得不錯。諸如在聯合國對抗牽匪案的鬪爭，在非洲與共匪爭地盤的搏鬪，在拉丁美洲爭取與國的努力，在中東擴展邦交的致力，其成績都尙有可觀。期之於更高的要求固無不可，但亦不忍苛責。況且陶委員所指五項缺點，事實上屬於當前官場通病，亦非外交行政一門爲然！不過，認眞檢討，陶委員的批評，又是鞭辟入裏，道盡了外交行政的痼疾。所謂五項缺點，在外交行政上已是積重難返，而今，把它作個總結，對外交當局，不失爲自反改進的借鏡。

在我們看來，外交行政的改進，重點有三：一曰人才，二曰經費，三曰政策。能在這三方面作改進，則陶委員所指的五項缺點亦可迎刃而解。

先談人才。

外交部的人事有門閥之見、派別之分，是不容諱言的事。尤其外交部是一個業務較有特殊性的老衙門。它的從業人員的轉業率較其他行政機關爲低。加以，大家都有深厚人事關係的牽緣攀結，又有編制上的限制，所以歷年來部長的一再更迭，並未引起多大的新陳代謝作用。此外，外交人才的任用，較金融機關尤講究所謂「專才」、「年資」，不是普通的新人可以隨時進去，也不是一般的人才可以中途插足。結果，久之，外交部和駐外使領館便成了老人的天下。資歷的老尙有可說，年齡的老乃使人有暮氣沉沉之感。許多僑胞及出國考察就學的人士，也往往以這種「老人外交」爲嘆息，爲詬病！

或曰：對付縱橫捭闔的工作，需要老人的經驗和手腕。可是世界不同了，時代不同了，維多利亞時代的外交已成陳蹟。在這國際情勢千變萬化，新興國家的年青新人在其國內掌握政權，在國外則結合爲集團活動時，我們又怎能長久讓一些老態龍鍾，缺乏幹勁，反應遲鈍的外交官去應付這種新局面？那些老人的經驗卽或仍有可取之處，何不叫他們回部裏來當顧問，在後方參與決策，而把外交前線衝鋒陷陣的任務交給年青人？

所以，人才的問題，實在是當前外交行政改革的第一急務。外交人員的任用，對其資歷學歷一定要有變通辦法。平常多訓練重用年青幹部，搜羅人才。只要確對某一外交任務適合，確有利於外交上一地、一事的工作、便應破格錄用，延攬出任。我們也不時聽到外交當局作才難之嘆，其實，只要打破舊規，撤除藩籬，天下之大，何愁沒有可用之才？當前之病，在於庸碌、僨事、失職者不能去，而年青、有爲、幹練之士又無由而來耳。

其次談到經費問題。

陶委員的報告中指出：我駐西雅圖總領事館每月能用於宴客經費只有美金九元二角，芝加哥總領事館則爲美金十七元五角。因爲經費不足，駐外人員只好躲在館內辦「公事」。這並不是駭人聽聞，而是不僅只是上述西雅圖、芝加哥兩地的衆所皆知事實，甚至有些大使館也窮到一年請不起幾次客。

當然，外交工作並不是宴客的工作，但是外交原就省不了酬酢交際，何況來而不往非禮。我們的駐外人員困拮到每個月只有美金九元二角的地步，又怎能叫他們在外交工作上創造奇蹟？

外交經費有限，這不單是外交部的事。我們要問政府：現階段外交對整個反共復國大業的重要性，上下不是不知，何以對外交經費吝嗇如斯？多年來政府在喊重點施政，又何以把眞正重要的外交工作，和一般不急之務等量齊觀了？難道許多粉飾排場的巨額支出不可省，許多駢枝單位、維持形式的機構不能裁、不能暫時停止業務？爲什麼不把那些浪費、不經濟的支出、不緊要的支出，移爲充實外交經費，讓駐外人員英雄能以用武，好好的推行爭取與國，打擊共匪向國際閙擴張的工作？

監察院主持政府經費的審計，立法院則審查政府預算的編制。今後在這方面也要多注意，多用心！

最後談外交政策。

這是外交當局應該切實檢討改進之處。現在我們的外交，幾乎全靠駐外人員個人的聰明才智。蔣廷黻先生生前在聯合國的卓越成就，卽屬如此。目前我駐北非若干地區的外交人員，也是在打個人的仗。外交當局給駐外人員的「指示」，官腔多於實務，八股重於政策，這不祇是作風問題，實在是外交部少有對政策的長遠深入研討。碰到大問題，臨事周章，請示候命，實在沒有發揮運籌帷幄的「廟算」功能。何以如此？是因爲外交部只是分司辦事，旣缺乏一個好的作戰參謀組織，亦不能延攬專家權威，組織智囊團。微聞現在外交部已漸注意及此，將在內部先就調部人員組織起來，這工作實在不能稽延了。

由陶委員的批評而談到當前的外交工作，我們一方面感於外交人事、經費、政策的問題重重，一方面懍於現階段外交工作的重要，不禁直言以陳；一片謀國摯誠，希望能提醒外交及有關當局速作亡羊補牢之計。

附錄二　一些實感

許久不見，至念賢勞。在徵信新聞看到讜論，欽佩之至。

兄台周遊列國，看到我國外交機構病症所在，發爲宏論，誠有一針見血之感。

日前多數外交工作人員欠健全，重小組織而無國家觀念，年事雖輕而習氣甚重，不願多做事情。非僅此間如此，大部份外交機構皆然（當然也有拼命出力者，但爲少數）。對兄之所言，弟以親身經歷，極爲感動，希望立監兩院以國家利益爲重，善意建議外交當局速圖改善。中央政校爲黨的學校，黨性應極堅强，國家觀念應特別重視，而今事實所表現者與在大陸時無大差異。應澈底設法改善。外國語甚爲重要，但做外交官內容也甚重要，毅力更爲重要。務請相機轉達爲幸。（下略）

國際形勢怎樣扭轉？

監察院政治檢討意見之一

今天（十一月十二日）我想提出關於外交政策的幾點意見，我聲明這不是官方的看法，而都是我個人的意見。

一

第一，大家都很關心今年聯合國投票的趨勢。這一點我和外交部交換意見，並仔細算過，今年聯合國的代表權絕對沒有問題。聯合國大會本來祇有兩個案子：一是中國代表權是否是重要問題，就是要二分之一的票數來決定，還是要三分之二的票子來決定？這個程序上的案子，相信可以比去年更多的票子來通過認定是一個重要問題。另一個問題是要不要讓毛共代替我們參加聯合國作爲中國的代表？這個問題，去年是四十七票比四十七票，今年我們可以多得幾票。

但是魏部長爲什麼忽然到聯合國去呢？就是除了這兩個案子以外，還有第三個案子，就是義大利提出要設立一個研究委員會，準備和毛澤東打交道，看看是不是可以用「兩個中國」的方式來解決中國代表權問題。這個問題由來頗久，聯合國曾經有過這樣的委員會，但現在形勢不同，因此魏部長才自己去打這一仗。

「兩個中國」這個論調，年來甚囂塵上。分析此中心理，大概懷有兩種看法：一種是認爲共產黨很快就要進聯合國，假定不早點想一個對策，眼看中華民國就被趕走，這樣何以對得起中華民國？所以他們覺得事先應該有這樣的安排：毛澤東不妨進去，但中華民國必須留在聯合國。他們認爲這樣兼籌並顧，最爲現實。

還有一種心理，是認爲毛澤東進聯合國幾乎不可避免，而他們是不歡迎他的。那麼如何才可不讓他進去呢？於是他們有一幻想，就是把中華民國留在聯合國，毛澤東就不肯進去了，這是以退爲進。一部份美國人稱它爲「空城計」。

不錯，司馬懿爲什麼不進那個城，就因爲諸葛亮坐在城樓上彈琴。假如諸葛亮不坐在城樓上，司馬懿早就打進去了。所以有人要我們現在也學諸葛亮留在聯合國，以抵制毛澤東。在這些姑息份子中，有一部份也許用心良好，但這個方法是不好的，不現實的。因爲這是「兩個中國」論，我們不能接受。

不久以前，我曾和美國朋友說：「這種空城計是擺不成的，我們不會扮演諸葛亮。聯合國一旦有兩個中國的安排，我們一定退出。因爲我們絕對不接受『兩個中國』。假使我們退出聯合國，毛澤東進入聯合國之後，那等於孫悟空鑽到了牛魔王的肚子裏去使鎗弄棒，將會弄得美國和聯合國昏天黑地，那時候就悔之晚矣。所以每個人應該仔細想一想，假使弄假成眞，我們毅然決然的退出聯合國，毛澤東就進去，美國更比我國受不了。」我們對聯合國必須要作明確的聲明，使一部份主張「兩個中國」或主張擺空城計的人放棄所抱的幻想。

二

其次，我們反攻一定要先得到美國的後勤支援和道義支持。不過，美國對我們的支援非常審愼，越戰以來更是如此。

越戰與我們的利害可分三階段來分析。最初一個階段，對我們反攻似很有利，因爲越南戰火燃燒起來，我們反攻機會就比較多。但中間一個階段，大約有一年的時間，對我們很不利，因爲很多美國人認為美國動員了很大兵力在越南作戰，而猶打不敗胡志明；胡志明尚打不過，還打得過毛澤東麼？而且打胡志明的時候，亞洲許多國家都袖手旁觀，聯合國不獨不像韓戰時組織聯合國軍隊去應戰，而且連作一個調人也不幹。美國人因此非常沮喪，覺得越南戰爭已經上了當。現在這個時期似乎好一點，因為美軍作戰力量很大，胡志明祇有招架之功，並無還刀之力。亞洲許多國家也慢慢的積極起來，如七國外長會議以及韓非等國的出兵援助，使美國覺得尚有朋友。

越戰的成敗，與我們的關係至為密切，今後我們要把消極的態度，變為積極的態度。我們要向亞洲國家呼籲：「你們要美國承擔亞洲的防務，首先要我們亞洲人下決心」。但亞洲人要下決心，又與自由中國的態度很有關係。我們以前對於越戰不抱太大的希望，態度比較消極，我贊成那個時候的態度。但是現在看看美國國內反越戰的理論和藉口，我覺得要希望美國在越南打下去，亞洲國家必須採取更積極的政策，而中國態度更應積極起來。

三

第三，照我在美國的感覺，剛才也說過，要希望美國對我們的反攻有後勤的支援，不獨要爭取美國政府，爭取國會議員，更須爭取輿論界及其同情和支援。我們可以想像，假定我們反攻戰爭一起來，美國一定有一部份姑息論調反對美國參加，要美國中立，這種論調可以影響美國政府的政策和行動。所以現在首先應該對美國輿論界下工夫。我國年來雖已有這了解，但是做得不够。

我覺得那些姑息論調有很大的力量，我們除了公開駁斥之外，還應該做聯繫的工作，要用高度的耐心去說服他們。為做好這個工作，必須多派有力量的人出去，尤其要動員當地的人力。

研究工作必須做好，我們要有一個健全的參謀團和後勤部，以思想和理論的武器補給前線戰士。像巴奈特其人，他的「圍堵而不孤立」的話，多麼厲害。因爲美國是主張圍堵的，他不敢正面反對，乃以不使毛共孤立來取消圍堵，這使觀念爲之混淆，效果因之對消。可是人們還以爲他也主張圍堵，你看他多麼巧妙和毒辣。這是他苦心焦思研究出來的。

又如美國那個著名專欄作家李普曼，他也反對圍堵政策，但他的說法很巧妙。他說歐洲的圍堵能够成功，是靠美國的核子力量，但美國是否有決心到中國大陸去投原子彈呢？他說，美國是沒有這個決心的。那就不能圍堵毛共。又如芝加哥大學名教授摩根索說，他贊成圍堵，但是要亞洲人也採取行動，否則圍堵就不能成功，也就不必侈談圍堵。

他們以不孤立來取消圍堵，以不好投原子彈來反對圍堵，以亞洲人民自己沒有反共決心來責難圍堵。現在美國的政略已從「圍堵」退爲「堵而不圍」，未始不是受這三種理論的影響。但在美國人聽來，覺得很有道理，因爲亞洲人既不反共，美國犯不着也不可能孤軍奮鬪。因之圍堵政策的理論基礎，幾乎給他們破壞了。所以我深感我們要以理論對理論，不能徒做八股。而入手方法就是研究。

四

第四，現在國際形勢對我國較前有利，因此我們應該乘機爭取友邦，其中英法兩國與我們雖然沒有邦交，但也應該設法爭取。例如對於英國，我有一個新奇的想法：英國在臺灣設有領事館，我們是否可以交涉在英國也設一個領事館，以領事館爲外交開路。戴高樂對我國的態度雖壞，但是他很快會下台，或因明年選擧失敗而下台，或因年齡太老而下台。照美國的調查，法國人崇尙民主自由，法國國民和政黨，不會過份傾向共黨集團，等到戴高樂下台以後，他的繼承人仍會回到民主陣線來。我們要先作準備，來促成並迎接法國以後對我們的有利發展。我們過去太忽略了。我們不可因爲與這兩國沒有邦交，而放棄努力。

五

第五、日本與亞洲關係很大，美國估計亞洲反共的形勢和力量，很注意日本的態度。日本假使積極起來，美國會更積極，日本如果消極，美國也很會受他的影響而沮喪。（美國對印度也很注意，因爲印度地大人多，印度假使積極，美國也會更積極，如果印度失敗，美國也會沮喪。）

我們過去對日本的寬大政策，例如放棄戰時血債的索償，大有造於日本。但是日本對中國並沒有予以公平的報答。我們應該繼續不斷，年年歲歲，大聲疾呼，喚起日本國民的良心，要求公平的報答。否則日本年輕的一代，對我們當初對他們的寬大和恩惠，會很快的淡忘了。

六

還有一點，現在很多人問：我們現在的處境既然很好，應該可以反攻了，但爲什麼仍不反攻呢？我們必須作一交代。我們要找癥結所在。

當然，我們自己的力量和大陸的情勢，都是反攻的條件，而且現很有利，但還有一個條件，就是國際形勢，還未十分成熟。因爲共黨是國際問題，反共戰爭是國際戰爭，要打勝反共戰爭，必須動員國際力量，而這個力量尙未動員。

我覺得我們朝野上下都應該有這個認識，並促成國際形勢的成熟，以促進反共戰爭的勝利和成功。有了這個認識，我們在主觀上方不會沮喪，在客觀上方有着手和努力的對象。

紐約中國學術界座談會的四項建議

在美國上 總統書

去年五月，晚因與美國友人共同撰寫「各國國會監察制度」一書，來美工作。行前曾以蕪函報告鈞座，諒登記室。本月十七日晚在紐約參加中國學術界座談會，該會召集人以爲晚不日回國，面囑將該次座談結論向政府有關當局口頭報告。但晚因研究工作尙未全竣，一時不能離美，特將該項結論，先行函陳如次：

一、此次聯合國設置維持和平行動特別委員會，會員雖多至三十三國，然我國竟被擯於會外，縱非喪權，究屬辱國。美國支持不力，固爲原因之一，而我外交當局事前徒知乞援於美國，對聯合國既不力爭，亦不抗議。（三月二日劉大使之抗議，係在三十三國名單發表四日之後，已成馬後砲矣）。且在大會主席沙基明白表示擯除我國之後，我國竟仍同意授權彼一人全權決定名單，逕予公佈，是直自取其辱。此較以前數次競選之失敗，其意義及影響遠爲嚴重。足徵我外交當局膽識不足，方略不妥，而報喜埋憂，尤爲不當。亟應檢討改進，以免再誤。

二、我國爲保持聯合國之代表權，不惜一再屈辱，迄今投鼠忌器，我代表團在聯合國不敢發言，不敢有所主張。而聯合國本身亦復威信掃地，名存實亡。吾國今後在聯合國是否尚應長此忍辱，事關國權與國格，亟須廣徵民意，重訂對策。

三、美國對我關係重大，然自毛匪原子試爆以後，美國朝野對我已不若以前之重視，左傾份子及自由派對匪之妥協傾向更日益顯露。吾政府亟應革除忽視國民外交及國際宣傳之傳統觀念，增加經費，改善方法。甚至爭取僑胞及留學生之向心及愛國，亦較前更難，但自更急需。

四、反共建國聯盟爲團結之象徵，爲進步之動力，亦爲集思廣益之智囊團，且爲政府誠信所繫，自須早日召開。成員應以社會新進、積極份子及青年爲主。且應爲一常設機構，庶幾可望產生眞實力量。

上陳僅其大意，該座談會曾推人整理文字，將來與此容有出入。因受該會囑託，先此奉陳。

外交當局自取其辱

在美國致監察院外交委員書

別後殊念賢勞。此次吾國被擯於聯合國三十三國委員會之外，其嚴重性有如下列：

一、此委員會係研討維持世界和平工作問題（包括聯合國出兵問題），任務重大。

二、五强僅我國被擯，而我國不獨被擯於五强之外，且不在三十三國排行之內，而我國係常任理事，負擔大會經費年約五百萬美金，高列一百十五個會員國之第五位，顏面何在！

三、此委員會係前廿一國委員會之擴大，我國向在其內，而今竟被摒斥。

四、事前我國僅向美國請求幫忙，並僅向大會主席請求一次，並未力爭！而美國事前已明白表示因蘇聯反對，希望甚小。大會主席係親共人士，且早已公開反對我國參加，但我國竟猶自動同意授權該主席決定三十三國名單逕予公佈（毫無保留），可謂自作自受。此事悉在沈部長在紐約指導下進行及完成。

五、以前選舉亦有失敗者，然係經過競選失敗，而此次則明知主席反對我國參加，然猶同意其決定名單。劉鍇大使三月二日之抗議，應在二月十八日大會決定授權主席之前即行公開提出，然即此馬後砲，亦在紐約僑胞表示憤怒之後而方為之。

國際宣傳一建議

在美國致臺北友人書之一

日前爲徵信新聞寫「請爲聯合國作一獅子吼」，並請該社剪呈　先生，諒登記室。報載蔣夫人已抵美國，卽將訪晤詹森總統，所談問題，自以如何消滅毛共政權爲首要。但此間形勢與臺北所想像者大不相同。如何求其有利於吾國，似非僅靠一、二次晤談所能奏效。民主政治爲輿論政治或民意政治，而詹森總統對輿論及民意尤甚重視及敏感。如何培養及發動美國輿論或民意，從事外線「作戰」，以影響其政府及政策，此較官式外交或更重要及迫切。

蔣夫人在美既有數月逗留，不知能否就吾國對美宣傳工作稍加檢查並圖改進。百對此事向甚關切，且甚焦急，年來迭次呼籲，但迄無成效。玆因蔣夫人親善訪問之機會，特向　先生提貢建議，如以爲尙有價值，擬乞轉陳　總統採納爲荷。

一、有一美國記者見告：詹森總統前因紐約時報對越南政策常有譏評，曾派副總統及駐越大使專訪該報主筆奧克斯疏通，果然生效，該報態度現已大好。以詹森現在聲望之隆，對宣傳尙須如此注意及努力，吾國在此逆勢之中，自更非出大力不可。

但吾國在美宣傳機構，人力、財力俱感不足，雖有作爲。百曾因友人回臺之便向其建議並請其轉陳　先生：在紐約設置宣傳設計委員會，邀請留美文化界人士參加，多方設法展開工作。百曾以此譬作參謀團及後勤部，蓋宣傳亦係作戰，而以美國知識界及毛共對吾國宣傳逆勢之大，絕非吾國目前之虛應故事所能挽回頹勢也。

二、史諾訪吾大陸回美，現撰一書，爲毛吹捧，不久出版。又……百以爲亟應物色專人對該兩書加以硏討，撰爲書評或以其他方式加以駁辯，以正視聽。然照過去情形，不獨無人能做，抑且無處發表。此間友人曾擬辦一英文刊物，請一美國作家出面發行，作理論鬭爭，但因困於財力，迄未如願。

其實吾國並非無錢。例如中國銀行紐約分行冗員充斥，排場濶綽，幾使僑胞側目而視，不能謂爲無錢。又如紐約博覽會中國館耗費美金二百餘萬元，然成效殊可懷疑，以視正常外交活動及國際宣傳之寒酸拮据，不可謂非跡近浪費。至於國內可省之錢自更多。惜吾政府猶未認識國際宣傳之急要而不肯多投一些資金耳！

一句話的語病

在美國致劉大使書

本月五日紐約時報所載：「全世界華僑反對中共混入聯合國」之廣告，中有一句譯讀如下：「吾人深信，如果一個侵略者竟獲參加聯合國，而一忠實之會員國則被其逐出，此將爲公道之淪亡及歷史之悲劇」。其中「而一忠實之會員國則被其逐出」一句，語病頗大。因此一句，彼國際姑息綏靖份子可以大做文章，謂：「君等認爲一個忠實會員國之被其逐出乃爲公道之淪亡及歷史之悲劇，然則如果保留此一忠實會員國之席位，則公道應不完全淪亡，歷史應非全爲悲劇矣」。此卽所謂「兩個中國」論。故該句最好删去，以求穩妥。如欲加以强調，則應改爲：「吾人深信

：如果一個侵略者竟獲參加聯合國，則一忠實之會員國，卽使獲准繼續參加，亦將爲公道之淪亡及歷史之悲劇」。如此方可杜綏靖份子之陰謀利用。弟知全球華僑反對「兩個中國」，人同此心，但邇來聯合國中正在醞釀保留或不提排除中華民國席位以減少反對中共加入之壓力，吾人再不可予以藉口。用特指陳，以供參考，藉防被人用作論據。不知有當否？

美國對毛四原則的形成和落空

一

在回國以前，根據我的觀感，我把美國對毛共的政策濃縮成爲四個原則，有如左列：

一、以流血購和平，而不求勝利；
二、以圍堵杜擴張，而不使孤立；
三、以開門增諒解，而不予承認；
四、以忍耐待變化，而不背盟友。

上列第一項是美國在越作戰的最高指導原則。美國對毛共也準備採用這個矛盾的戰略。

上列第二項是美國今後對付毛共政策的骨幹。美國過去對蘇聯行之有效，可是現因法國的搗亂而發生破綻，但美國還想「如法泡製」，以對付中共。

上列第三項的開門政策，是指開美國的門，包括人員交換和貿易開放等措施。但毛共的門不獨緊閉，而且還套上一道鐵幕。因此，美國對它的政權一時不致予以承認。

上列第四項是以忍耐爭取時間，希望對方的下一代會變得和善一些，俾得和平共存。但美國不致因此「出賣盟友」以爲交換。

二

這套原則是以下列認識和理論爲基礎：

第一、美國在越作戰的目標，不僅爲南越爭自由，而更爲遏阻毛共的擴張。國務卿魯斯克在參議院說：「我們在越南的鬬爭涉及什麼世界安全利益，這不能在東南亞問題上也不能在過去幾個月所發生的事情上看得清楚。……我們必須認清楚，我們在東南亞正在力圖完成的任務，乃是很久以來所繼續在做的步驟的一部份——遏阻共產黨使用武力對弱國之控制的擴張和延伸。……共產黨本身也認爲這不是一個孤立的問題，他們也認爲東南亞鬬爭乃是共產黨用武力和威脅逐漸擴大它的强權計劃的一部份。」

韓福瑞副總統在一次電視問答中說得更露骨：「我們在越作戰的目標是圍堵中共」；「我們的圍堵政策曾對蘇聯行之有效，應該也能遏阻中共的擴張。」

三

第二、美國的外交政策一向重歐輕亞，儘管世界利害的重心已轉移到亞洲，儘管越戰的反共意義如何重大，儘管亞洲的情勢如何危急，但美國一部份知識份子還是重歐輕亞，大力反對「打勝越戰和嚇阻中共」。

於是詹森總統加以呵責。他在檀香山說：「在本世紀四十年或五十年代，我們在歐洲站出來保衛爲侵略所威脅的自由，現在注意的中心已經轉移到世界另一部份，侵略正在對着它進行。我們的立場必須像從前那樣的堅決。」

後來他又在大西洋城更具體的指出：「美國不可對世界有雙重標準（作兩面人），我們不可認爲亞洲的自由不及歐洲自由的尊貴，我們也不可因爲膚色不同於我們，而就不肯爲他們犧牲。」

四

第三、美毛戰爭能否避免？美國當局認爲可能。詹森在紐約「自由之家」的演說中說：「我們的目的是抵抗侵略，我們將以武力答覆任何武裝攻擊。我們估計了對方的力量和弱點，我們更深知我們自己的情況。我們自己注意，並歡迎對方，對於採取軍事行動的謹愼小心。祗要對方的行動不像文字的激烈，我們是能容忍的。」至於毛共方面，毛澤東的「兵法」，據林彪在去年九月二日「人民戰爭勝利萬歲」中指出：「毛澤東同志把人民戰爭的戰略戰術用四句話加以高度的概括，叫做：你打你的，我打我的；打得贏就打，打不贏就走。」老毛縱有「延安感」，但是不難知道打不贏美國。「打不贏就走」，於是美國當局認爲毛共不會蹈韓戰的覆轍。

而且由於毛共二年來在外交方面的全面失敗，美國認爲毛共畢竟祗是一條「紙龍」，雖有嚇詐之心，並無呑噬之力，所以不必冒險犯難，與它死拚。

五

至於美毛關係的發展，美國寄希望於毛共的下一代。他們認爲毛澤東已經七十三歲而且多病，周恩來也已六十八歲，其他位居要津的「長征同志」都達六十多歲的高齡。如果對越侵略失敗之日正當北京下一代人物登台之時，美國期待展開一頁有趣的歷史。毛本人曾對中共青年的缺乏革命精神，坦白表示其憂慮。美國希望他們會與西方國家設法解決重要的懸案，以求和平共存。

這是今年三、四月間美國姑息毛共的各種言論和措施一齊出籠的原因。因那時毛澤東久不露面，有的說他正患着重病，有的甚至猜他已經死亡。於是美國乃爲對毛的繼承者和下一代「求愛」，不得不大關俏媚眼。

但是美國隨卽發現那套「求愛」姿態沒有得到和善的反應，於是開始發覺毛澤東不獨尙在人間，而且尙掌大權，後來證實毛確未死，因此美國不再「自作多情」，而姑息風雲也就突然退去了。

六

但是美國人是狂熱的「多情種子」，「不到黃河心不死」，所以姑息主張還是「陰魂不散」。近據友人告知，有些姑息分子面對大陸紅衞兵的亂嚷亂幹，竟仍「振振有辭」，說他們的姑息主張已經生效。他們說：紅衞兵的崛起，反映毛澤東的共產黨、共產主義青年團和少年先鋒隊都靠不住，都在反對毛澤東的思想、政策和領導，以致他不得不拖出槍桿子來，拖出小孩子來，以期苟全殘命，這豈非反證毛澤東下一代是修正主義者，可望像與蘇聯那樣能與美國和平共存麼！

但是美國那些姑息分子忘了一種情勢，就是毛共內部如果眞有修正主義者（我相信是眞有的），他們一定是蘇聯派的修正主義者，並不反對越戰，而是要與蘇聯言歸於好，共同戮力壓迫美國對共黨讓步，最後還是想埋葬美國和自由世界的。

七

「形勢比人還強」，斯達林這話頗有幾分道理，我們不能以人廢言。而當前的形勢是毛澤東正在中風狂走，不能回頭，自必反美到底；毛共內部的修正主義者這次如果不被毛、林整掉，將來得勢之後，必與蘇聯合作反美；至於所謂下一代者就是目前的紅衛兵，毛、林正以大力訓練他們成為毛、林的反美繼承人。美國對毛四原則的所謂和而不求勝利，所謂不使孤立，所謂門戶開放，所謂忍耐待變，縱使一片好心，一味委曲，也必一事無成，一敗塗地。美國大澈大悟的時候應不在遠了。

紅衛兵與毛共危機

學生新聞報導

〔本報專訪〕八月十八日以來，共匪「文化大革命」中「紅衞兵」造反，幾乎到了不可收拾的地步，爲了進一步了解這個問題，記者特請教甫從美國回來的監察委員陶百川先生，對「紅衞兵」運動作更深一層的分析。

陶委員說，中國共產黨本來是很嚴密的組織，在一般人民中有黨，在青年中有共產主義青年團，在少年中有少年先鋒隊。照理說，「文化大革命」如果要擴大宣傳的話，應該用共產黨黨員、團員、隊員才對，但現在這批人却不能用了，因爲這些人，在毛匪之下一向是由劉少奇等負責的，而劉少奇已有「修正主義」的傾向。（所謂修正主義，陶委員認爲卽對內放鬆褲帶，使人民生活好一點，對外和平共存，以免觸發世界大戰。）修正主義現爲全世界共產國家所普遍推行，以挽救馬列主義的危機。

中國大陸知識份子和青年，可能都有這種要求。但在毛匪看來，這是對毛澤東思想的反叛。因爲毛澤東剝削人民和窮兵黷武的政策，與修正主義是背道而馳的。毛匪爲了維持他的統治，把修正主義和資本主義同樣列爲敵人。因爲他的黨、團、隊都有修正主義的傾向，所以要加以整肅，就不得不製造另一種工具來執行他的任務，所以不用人民日報而用解放軍日報，不用劉少奇而用林彪，不用現有團隊而用「紅衞兵」。

「紅衞兵」可以說是一個宣傳隊，宣傳毛澤東思想，反資本主義，反修正主義。它也可以說是一個訓練隊，以「運動」來作爲訓練的方法。它又是打擊反毛份子的一批打手。在這三種任務中，毛匪最大目的是以鬥爭和宣傳把這批人學好毛澤東思想，以期作爲下一代的忠實幹部。

陶委員認爲「紅衞兵」與「義和團」的性質稍有不同，後者只是反洋排外，而前者不但反洋排外，也反對中國固有的思想、文化、習慣和風俗，比「義和團」更狂妄。毛匪利用小孩來四反，是同「土法鍊鋼」同樣的愚蠢。

現在打著「紅衞兵」旗號的人，份子複雜，有林彪直接組織的，也有各地共黨幹部所領導組成的，內部不獨不統一，甚至自相殘殺。毛澤東因此暴露了他自己的弱點，他與林彪在國際上的威望已經大爲降低了。

「紅衞兵」搗亂的作法，如果繼續下去，一定會引起人民的怨恨和反抗，趁此擴大反共運動。大約毛匪已覺到自己處於不利地位，所以提出十六條約束辦法，以掩飾內部的混亂和減少國際的反感。

但無論「紅衞兵」怎樣結局，毛匪勢力將加速垮台，因爲「紅衞兵」的出現，反證毛匪長期辛苦訓練的黨員、團員和隊員都不可靠了，而那批小孩又怎麼靠得住呢？

對世變的一些看法

在美國致臺北友人書之一

一

十月十六日晚上七點，有三位老友邀我吃飯。我因車擠而遲到。客人中有一位蘇聯問題專家，一位記者，一位亞洲文化史教授，一位現代外交史專家，一位中國文化史教授，他們正在談這兩天發生的幾件大事：一、黑魯雪夫的去職；二、英國工黨的上台；三、毛共的核子爆炸。於是我也參加漫談。

C先生說：「我看黑魯雪夫的去職，乃是一種雙簧。我們不要輕易爲共產黨所欺瞞，他們是最會耍把戲的。」

S先生響應C先生。但P先生持相反的看法，他說黑某是眞的被打倒了。

我說：「我昨天的看法也同於C先生。我甚至聯想到毛澤東當年辭去主席的把戲。那時臺北專家都認爲毛是被蘇俄迫下台的。有人甚至說劉少奇是蘇俄抬上去的。我獨以爲不然。那時我就預料毛之下台，乃因不肯和不敢朝俄，而做了主席就不能不朝俄，所以他不幹了。他仍是大權在握。這次黑某下台，我曾認爲也許是毛事重演，庶幾繼任者可以出來收拾殘局。但方才我在汽車中聽廣播，眞理報已經開始攻擊黑魯雪夫了。我相信他是眞的被鬪倒了。」

C先生：「無論背景如何，黑的下台，主要原因是爲和緩對毛的鬪爭。因爲黑所要開的十二月十五日的世界共黨大會，對蘇俄的形勢已很不好，而黑如繼續在位，那就非開不可。爲維持蘇俄的面子和地位，黑某祇好下台了。」

我說：「他是被犧牲了，而且不是自動下台。『形勢比人强』，這是黑的墓誌銘。」

「然則十二月的共黨大會是不開了。」S先生說。

「當然不開了。」C先生斷言。

在黑某統治期間，聯共黨內（我祇說黨內）的民主自由似乎已稍加强，史達林的血腥統治已起變化，所以這次黑某能够平安下台。一般人忽略了這個變化，認爲共黨不可能有和平繼承，所以要說黑某的下台乃是雙簧了。

S先生說：「黑某雖爲打開毛共與俄共的僵局而被迫下台，但兩國的關係不會很融洽。因爲雙方的交惡，不僅是黑毛兩人的感情問題。」

我附和S的看法。我說：「俄共是帝國主義者，它要支配毛共而又不肯出相當的代價，毛黑過去就是因此而反目，所以俄毛今後的關係也不會十分好轉。」

二

我們又談到毛共的核子爆炸。P先生說：「從前L先生曾經建議臺灣爲提高國際地位，最好致力發展核子力量。我們有了核子力量，人家對我就刮目相看。美國的核子發展，也得力於客卿，多少外國人，其中也有中國人幫助美國研究發展。」

L先生說：「現在還有機會。例如×××現在美國研究光的武器，我們何不以重金聘他回臺灣研究？」

我說：「這與一般科技知識和工業設備都有關係。臺灣的一般科技設備和經濟能力恐尙不足以語此。」我說這話，因我知道，據這裡的專家估計，美國在第二次世界大戰中試爆核子用去二十萬萬美元，毛共這次至少已用去二萬萬美元。

此外，爲製造原子彈，還須有一套化學設備，需款五萬萬至十萬萬美元。而且一個反應器每日祇能產生一百格蘭姆的 PLU，Toniam，而一枚原子彈需要十三點二磅，這就需時二個月。至於遠程噴射機或飛彈的製造，以輸送並投擲核子武器，更需一百萬萬美元。

可是毛共雖尙不能以原子彈轟炸西方國家，然它對亞洲的威脅却將增加了。

三

我們也談到英國工黨的上台。另一C先生說：「工黨這次得票並不多，它的統治壽命不會長。」

我贊成他的看法。但我現在必須補充：工黨這次在下院雖佔多數，然差額僅四席（按工黨佔三百十七席，保守黨三百零四席，自由黨九席），因此它雖滿腹經綸，但不可能放手做去。可是它也不致馬上垮台。因爲自由黨在立法方面雖不肯全面支持工黨，例如自由黨不會贊成企業國有化，但它不會投票不信任工黨內閣。這樣臨時合作一下，工黨就佔二十二席的多數了（工黨本身超過保守黨十三席，臨時加上自由黨的九席）。

四

另一件世界大事就是美國大選。美國下屆總統的競選運動，現正如火如荼，而且劇烈空前。共和黨的總統候選人高華德先生處於攻擊地位，詹森總統的政策政績和品格，都是他攻擊的對象。詹森先生方面自然不敢怠慢，全力反攻。他本人還能保持相當風度，但他的競選夥伴副總統候選人韓福瑞參議員却十分潑辣。

共和黨頃已決定集中火力在下列四大問題：

一、他們說：現政府政治道德墮落，全國因而蒙羞。

二、他們說：犯罪情形嚴重，打鬪日有所聞，法律和秩序爲之破壞，人民痛感威脅。這是政治道德腐敗的結果。

三、他們說：在國際政治方面，美國的力量和地位日益削弱，敵人的收穫日益豐富。民主國家的團結渙散，越南的戰事膠着，古巴的毒素泛濫，而現政權仍以國防爲政治把戲。共產集團大步前進，「詹森政府趦趄不前」。

四、他們說：領導階層對美國人民和世界已經不能發生鼓舞的作用。詹森總統是美國和世界的眞領袖呢？抑或祇是一個自私自利的政客，祇對選擧票而不對人民福利和國家前途發生興趣？至於韓福瑞乃是一個左傾團體的領袖，其目的與美國利益有妨害。

以上四點，譯自昨天的紐約時報，而它是支持詹森總統的。這些話雖很惡毒，但將來民主黨總有一番辯解，而人民對共和黨的攻訐是否信服，目前仍言之過早。

至於選舉的形勢，據民主黨方面的估計：詹森有把握的已有三百六十二票，高華德僅有十七票，另有七十七票傾向詹森，六十九票傾向高華德，十三票可左可右。但共和黨估計：高華德有把握的是一百十二票，詹森一票都沒有，另有一百七十票傾向高華德，一百八十八票傾向詹森，六十八票可左可右。總統當選的最低票是二百七十票（過半數）。

大選是在十一月三日舉行。不論各方的預測如何，但是我的一位朋友說得好：「選舉這個把戲是；人人有希望，個個無把握，時時起變化，刻刻要提防。」

五

順便補報陳毅最近一次談話。八月七日紐約時報譯載毛共高級人員（據稱為陳毅）七月廿四日對維也納報紙的一篇談話。中有一段涉及臺灣，大意如下：「離中國大陸不遠有三島，即臺灣香港與澳門，屬於中國，尚待解放。此等島嶼總有解放的一日。但它們已經十五年未被解放，也許再經十五年或二十年或更長的時間，還未被解放。這些問題將因時間的進行而隨之解決，毋需戰爭。」

原因何在？陳毅坦稱：「這不僅由於吾國（毛共）缺乏作戰必需的長程飛機及大海軍，……

而更因我們不能獲取人民對於侵略戰爭的支持。人民不願跟我們作戰。」

陳毅這個談話明稱是對美國人而發，自是外交辭令，不可深信，但毛共自一九五八年砲轟金門失敗以後已感心勞日拙，陳毅此言，似尚實在。但我則因敵之不來而缺少一個乘機反攻（因其「攻」而「反」之）的機會。敵人固甚狡詐也！

五三、一〇、一六、紐約

三民文庫已刊行書目（五）

161.	水仙的獨白	胡品清著	散文
162.	希臘哲學史	李震著	哲學
163.	靈臺書簡	劉紹銘著	書簡
164.	春天是你們的	鍾梅音著	散文
165.	談文學	鄭騫等著	文學
166.	水仙辭	張秀亞著	散文
167.	德國文學散論	李魁賢著	新詩
168.	中國史學名著①②	錢穆著	歷史
169.	管艇書室學術論叢	顧翊群著	學術
170.	鐘	水晶著	散文
171.	旗有風集	漢客著	散文
172.	讀書與行路	彭歌著	散文
173.	南海遊踪	施翠峰著	遊記
174.	閑話閒話	洪炎秋著	文學
175.	迎頭趕上	陳立夫著	論文
176.	愛情力量及正義	王秀谷譯	哲學
177.	青年與學問	唐君毅著	哲學
178.	靜軒時論選集	賴景瑚著	時評
179.	青年的路向	鄭鴻志譯	心理
180.	雨窗下的書	繆天華著	小品文
181.	人性與心理	孟廣厚著	心理
182.	自信與自知	彭歌著	散文
183.	文藝與傳播	王鼎鈞著	散文
184.	人海聲光	張起鈞著	散文
185.	橫笛與豎琴的晌午	蓉子著	新詩
186.	音樂創作散記	黃友棣著	音樂
187.	芭琪的雕像	胡品清著	散文
188.	中國哲學與中國文化	成中英著	哲學
189.	舊金山的霧	謝冰瑩著	散文
190.	說中華民族之花果飄零	唐君毅著	散文
191.	詩經相同句及其影響	裴普賢著	文學
192.	科學眞理與人類價值	成中英著	邏輯
119.	回顧錄①②③④	鄒魯著	傳記
194.	藝術零縑	劉其偉著	藝術
195.	白馬非馬	林正弘著	邏輯
196.	書生天地	陳鼎環著	散文
197.	王陽明哲學	蔡仁厚著	哲學
198.	童山詩集	邱燮友著	新詩
199.	海外憶	李慕白著	散文
200.	致被放逐者	彭歌著	散文

三民文庫已刊行書目 （四）

121.	樂藝	劉其偉著	藝術
122.	烽火夕陽紅	易君左著	回憶錄
123.	哲學與文化	吳經熊著	哲學
124.	危機時代的中西文化	顧翊羣著	文化論集
125.	自然的樂章	盧克彰著	散文
126.	筆之會	彭歌著	散文
127.	現代小說論	周伯乃著	論述
128.	美學與語言	趙天儀著	哲學
129.	一個主婦看美國	林慰君著	散文
130.	蘭隨苑筆	鍾梅音著	散文
131.	異鄉偶書①②	何秀煌 王劍芬 著	散文
132.	詩心	黃永武著	文學
133.	近代人和事	吳相湘著	歷史
134.	白萩詩選	白萩著	新詩
135.	哲學三慧	方東美著	哲學
136.	綠窗寄語	謝冰瑩著	書信
137.	淺人淺言	洪炎秋著	散文
138.	危機時代國際貨幣金融論衡	顧翊羣著	經濟
139.	家庭法律問題叢談	董世芳著	法律
140.	書的光華	彭歌著	散文
141.	燈下	葉蟬貞著	散文
142.	民國人和事	吳相湘著	歷史
143.	詞箋	張夢機著	文學
144.	生命的光輝	謝冰瑩著	散文
145.	斯坦貝克携犬旅行	舒吉譯	遊記
146.	現代文學的播種者	吳詠九著	文學
147.	琴窗詩鈔	陳敏華著	新詩
148.	大衆傳播短簡	石永貴著	論述
149.	那兩顆心	林雪著	散文
150.	三生有幸	吳相湘著	傳記
151.	我及其他	劉枋著	散文
152.	現代詩散論	白萩著	新詩
153.	南海隨筆	梁容若著	散文
154.	論人	張肇祺著	文化哲學
155.	孤軍苦鬪記	毛振翔著	傳記
156.	回春詞	彭歌著	散文
157.	中西社會經濟論衡	顧翊羣著	經濟
158.	宗教哲學	錢永祥譯	哲學
159.	反抗者①②	劉俊餘譯	論述
160.	五經四書要旨	盧元駿著	文學

三民文庫已刊行書目（三）

81.	一樹紫花	葉蘋著	散文
82.	水晶夜	陳慧劍著	散文
83.	胡巡官的一天	金戈著	小說
84.	取者和予者	彭歌著	散文
85.	禪與老莊	吳怡著	哲學
86.	再見！秋水！	畢璞著	小說
87.	迦陵談詩①②	葉嘉瑩著	文學
88.	現代詩的欣賞①②	周伯乃著	文學
89.	兩張漫畫的啓示	耕心著	散文
90.	語小集	蕭冰著	散文
91.	社會調查與社會工作	龍冠海著	社會學
92.	勝利與還都	易君左著	回憶錄
93.	文學與藝術	趙滋蕃著	散文
94.	暢銷書	彭歌著	散文
95.	三國人物與故事	倪世槐著	歷史
96.	籠中讀秒	姚葳著	故事
97.	思想方法	秀河著	散文
98.	腓力浦的孩子	武陵溪著	時評傳記
99.	從香檳來的①②	彭歌著	小說
100.	從根救起	陳立夫著	論說
101.	文學欣賞的新途徑	李辰冬著	文學
102.	象形文字	陳冠學編著	文字學
103.	六甲之冬	沙岡著	小說
104.	歐氛隨侍記①②	王長寶著	日記
105.	西洋美術史①②	徐代德譯	藝術
106.	生命的學問	牟宗三著	哲學
107.	孟武續筆	薩孟武著	散文
108.	德國現代詩選	李魁賢譯	新詩
109.	祝善集	彭歌著	散文
110.	校園裡的椰子樹	鄭清文著	小說
111.	行與言	桂裕著	雜文
112.	吳淞夜渡	孟絲著	小說
113.	仙人掌	胡品清著	散文
114.	理想和現實	毛子水著	論述
115.	班會之死	碧竹著	小說
116.	二涼亭	吳樹廉著	小說
117.	六十自述	鄭通知著	傳記
118.	悲劇的誕生	李長俊譯	哲學
119.	一束稻草	吳怡著	散文
120.	德國詩選	李魁賢譯	新詩

三民文庫已刊行書目（二）

41.	寒花墜露	繆天華著	小品文
42.	中國歷代故事詩①②	邱燮友著	文學
43.	孟武隨筆	薩孟武著	散文
44.	西遊記與中國古代政治	薩孟武著	歷史論述
45.	應用書簡	姜超嶽著	書信
46.	談文論藝	趙滋蕃著	散文
47.	書中滋味	彭歌著	散文
48.	人間小品	趙滋蕃著	散文
49.	天國的夜市	余光中著	新詩
50.	大湖的兒女	易君左著	回憶錄
51.	黃霧	朱桂著	散文
52.	中國文化中與國法系	陳顧遠著	法制史
53.	火燒趙家樓	易君左著	回憶錄
54.	抛磚記	水晶著	散文
55.	風樓隨筆	鍾梅音著	散文
56.	那飄去的雲	張秀亞著	小說
57.	七月裡的新年	蕭綠石著	散文
58.	監察制度新發展	陶百川著	政論
59.	雪國	喬遷譯	小說
60.	我在利比亞	王琰如著	遊記
61.	綠色的年代	蕭綠石著	散文
62.	秀俠散文	祝秀俠著	散文
63.	雪地獵熊	段彩華著	小說
64.	弘一大師傳①②③	陳慧劍著	傳記
65.	留俄回憶錄	王覺源著	回憶錄
66.	愛晚亭	謝冰瑩著	小品文
67.	墨趣集	孫如陵著	散文
68.	蘆溝橋號角	易君左著	回憶錄
69.	遊記六篇	左舜生著	遊記
70.	世變建言	曾虛白著	時事論述
71.	藝術與愛情	張秀亞著	小說
72.	沒條理的人①②	譚振球譯	哲學
73.	中國文化叢談①②	錢穆著	文化論集
74.	紅紗燈	琦君著	散文
75.	青年的心聲	彭歌著	散文
76.	海濱	華羽著	小說
77.	傻門春秋	幼柏著	散文
78.	春到南天	葉曼著	散文
79.	默默遙情	趙滋蕃著	短篇小說
80.	屐痕心影	曾虛白著	散文